Renate Günzel-Horatz
Einfache Fahrt

Renate Günzel-Horatz

Einfache Fahrt

PATMOS

Für meine Töchter Sabine und Angelika

Berücksichtigt die neue Rechtschreibung

Die Deutsche Bibliothek – CIP-Einheitsaufnahme

Günzel-Horatz, Renate:
Einfache Fahrt / Renate Günzel-Horatz. –
1. Aufl. – Düsseldorf: Patmos, 1998
ISBN 3-491-79495-1

1. Auflage 1998
Umschlagbild: Peter-T. Schulz, Esther am Meer (1988)
Umschlaggestaltung: Ulrike Selders
Satz: Fotosatz Moers, Mönchengladbach
Druck und Verarbeitung: Lengericher Handelsdruckerei, Lengerich
ISBN 3-491-79495-1

Aufwachen, Mädchen! Aufwachen! Komm schon, mach die Augen auf! Ja, gut so. Nein, nicht wieder einschlafen. Du musst wach bleiben, hörst du?

Weißes Licht sticht in meine Augen. Jemand umfasst meine Schultern. Schüttelt mich hin und her. Schlägt mir ins Gesicht. Mein Kopf pendelt ohne Halt. Hinter meiner Stirn explodiert ein Stern. Mir ist schrecklich übel. Lasst mich in Ruhe. Ich will schlafen. Einfach schlafen. Und fahren. Weit weg fahren. Nichts denken. Nichts entscheiden. Mich an nichts erinnern. Schlafen. Fahren. Neapel sehen und nicht sterben.

Sie kommt zu sich, sagt die Schwester. Soll ich jetzt den Schlauch für die Magenspülung ...?
Nein, ich glaube, sie wird spontan ... Na also. Schnell, eine Schale!

Ich würge mir die Seele aus dem Leib. Meine Kehle brennt. In der Pappschale schwappt rötlicher Schleim. Und immer noch schießt er stoßweise aus meinem Mund. Mein Magen krampft sich in schmerzhaften Wellen. Kalter Schweiß am ganzen Körper. Ich friere. Ich bin todmüde.

Wach bleiben, Mädchen. Das Schlimmste ist vorbei. Jetzt wird alles wieder gut. Nicht mehr einschlafen. Noch nicht.

Erzähl mir etwas. Irgendetwas. Deinen Namen zum Beispiel. Wie heißt du? Wie alt bist du? Was ist passiert?

Er soll mich in Ruhe lassen, der Idiot. Und leiser sprechen. Mein Kopf platzt. Wo bin ich eigentlich? Italien ist das nicht. Der Kerl spricht wie … wie ein Schweizer. Wie komme ich in die Schweiz? Ich muss mich konzentrieren. Kann denn niemand das verdammte Licht ausmachen? Die Schwester wühlt in meinem Rucksack. Was fällt ihr ein? Ich werde mich beschweren. Später. Später, wenn ich ausgeschlafen habe.

Sie heißt Lena Baltes, siebzehn Jahre alt, sagt die Schwester. Sie legt den Personalausweis auf den Schreibtisch und blättert die Fächer der Brieftasche auf.
Hier ist ein Schülerausweis, ein Adressbuch, eine Kreditkarte, ein Foto, eine Fahrkarte nach Neapel. Einfache Fahrt. Sie hat kaum Gepäck, nur etwas Wäsche, Jeans und einen Pulli. Was meinen Sie?
Der Arzt hebt die Schultern. Austrinken, Lena, sagt er und drückt ihr ein Glas Wasser in die Hand.
Das Mädchen presst die Lippen zusammen.
Doch, doch. Ganz austrinken. Schwester, helfen Sie der Patientin, bitte.
Während Lena das lauwarme Salzwasser schluckt, würgt, wieder schluckt, streift der Arzt die Ärmel ihrer Bluse hoch. Er dreht ihre Handflächen nach oben und betrachtet Gelenke, Armbeugen und Oberarme. Das Gleiche wiederholt er bei ihren Beinen. Sie sieht auf seinen dunklen Kopf hinunter. Auf dem Wirbel zeichnet sich eine lichte Stelle ab, kreisrund, wie die Tonsur eines Mönchs.

Keine Einstiche, sagt der Arzt. Haben Sie noch etwas anderes genommen außer diesem Zeug hier? Er hält ihr die leere Tablettenschachtel dicht vor die Augen. Haschisch, Kokain, Speed?
Lena schüttelt den Kopf.
Auf jeden Fall Alkohol, sagt die Schwester. Sie zieht die Luft schnuppernd durch die kurze Nase und drückt das Wasserglas so heftig an Lenas Lippen, dass es gegen ihre Zähne klirrt.
Lena stößt sie zurück. Sie würgt.
Die Flüssigkeit in der Schale ist jetzt klar.
Gut so, sagt der Arzt. Das war's. EKG und Atemkontrolle für die Nacht können wir uns wohl schenken. Die Nachtschwester wird öfter mal nach Ihnen sehen. Ich denke, das wird genügen. Nur noch einmal den Blutdruck messen, dann können Sie schlafen. Ganz wie Sie wollten. Schwester Margot wird Ihnen beim Ausziehen helfen und Sie in Ihr Zimmer bringen.

Endlich ein Bett! Die Schwester legt meine Kleider und den Rucksack ans Fußende. Sie rollt mich durch Flure, schiebt mich in einen Fahrstuhl. Wir sinken ruckartig. Vorsicht, mein Magen! Das Krankenzimmer am Ende des Gangs ist leer. Gott sei Dank. Bloß jetzt nicht reden müssen. Die Schwester öffnet die Jalousien einen Spalt breit. Sie zieht den Metallgriff ab und steckt ihn in ihre Kitteltasche. Die Lamellen zerschneiden den Sonnenball in rot glühende waagerechte Streifen.

Ich muss Ihre Angehörigen benachrichtigen. Wen soll ich anrufen?

Lena gibt keine Antwort.
Die Schwester zieht das Adressbuch aus der Vortasche des Rucksacks.
Georg und Anna Baltes, sind das Ihre Eltern, fragt sie.
Lena dreht sich zur Wand und schließt die Augen. Sie öffnet sie erst wieder, als die Türe ins Schloss gefallen ist.
Plötzlich ist sie hellwach. Es ist eine überreizte, todmüde Wachheit, ein Zustand, in dem die Dinge grässlich und unbarmherzig klar sind, die Erinnerungen unabweisbar werden und es keine Fluchtmöglichkeit in den Schlaf oder wenigstens in die Unschärfe der beginnenden Müdigkeit mehr gibt. Dieser folternden Wachheit hatte sie entkommen wollen. Und es war ihr auch gelungen. Sie war schon tief eingetaucht in die gnädige Bewusstlosigkeit, als das weiße Licht und die Stimme des Arztes sie zurück gezwungen hatten.
Lena sieht sich um. Das Zimmer ist ungeheuer leer. Die Wände sind weiß gestrichen. Keine Kunstdrucke, keine Fotos, kein Kalender, nichts. Keine Vorhänge. Die Jalousien sind von außen angebracht. Auf dem Nachttisch steht eine Plastikflasche mit Wasser, ein weißer Plastikbecher und eine Schale aus Presspappe. Auf einer Metallplatte seitlich vom Nachttisch sind zwei Knöpfe angebracht. Neben dem oberen ist eine Glühbirne aufgemalt, neben dem unteren der Umriss einer Krankenschwester mit Schürze und Haube. Die Kleider und der Rucksack sind vom Ende des Betts verschwunden. Die Fächer des Nachttischs sind leer. Es gibt keinen Schrank im Raum.

Soll ich aufstehen und nachsehen, wo meine Sachen sind? Wozu? Ich brauche sie nicht. Die Schwester hat mir ein weißes

Baumwollhemd übergezogen. Die Rückseite ist offen, nur am Hals ist es mit zwei Bändern lose verknotet. Der Fußboden mit den weißen und schwarzen Feldern sieht aus wie ein Schachbrett aus Marmor. Ich habe keine Lust, meine nackten Füße darauf zu setzen. Eine Toilette gibt es offenbar nicht. Wahrscheinlich ist sie auf dem Gang. Egal, das sehe ich später.

Das Rot hinter der Jalousie verblasst allmählich. Von leuchtendem Orange über gelbe und zart rosafarbige Töne wechselnd, erscheint der Himmel jetzt so stumpf und grau wie die Farbe der Kunststofflamellen. Die Kontraste im Raum werden schwächer. Die Geräusche aus den Nebenzimmern und auf dem Gang verstummen nach und nach. Nur manchmal, wie gedämpft durch ein Federkissen, übertönt ein einförmiges Wimmern wie ein lang hingezogenes Jaulen das jetzt schon vertraute Türenschlagen, das Klappern des Geschirrs, die halblauten Zurufe der Schwestern und Pfleger und das Quietschen ihrer Sohlen auf dem Linoleum des Flurs.

Ich will schlafen. Ich muss endlich einschlafen. Nur nicht zu denken beginnen. Nicht daran, was meine Eltern sagen werden, wenn der Anruf aus der Klinik kommt: Ihre Tochter ist ohne Bewusstsein bei uns eingeliefert worden. Alkohol- und Medikamentenmissbrauch.
Deine Tochter, wird mein Vater sagen, ich wusste schon immer, dass es so enden wird. Keine Einigkeit in der Erziehung, keine Ordnung, eine Mutter, die den ganzen Tag nicht zu Hause ist. Das konnte nicht gut gehen. Aber auf mich hat ja niemand gehört. Noch minderjährig und wohnt schon nicht mehr zu

Hause. Dann die furchtbare Geschichte mit diesem Fabian. Und jetzt das! Die Leute werden sich die Mäuler über uns zerreißen. Man traut sich ja kaum noch auf die Straße.
Meine Mutter wird gar nichts sagen. Mit zusammengepressten Lippen wird sie die Fahrplanauskunft anrufen und ihre Reisetasche packen. Sie wird kommen. Ganz bestimmt wird sie kommen.
Ich muss jetzt sofort einschlafen. Unbedingt einschlafen. Sonst kommen die Erinnerungen zurück. Die Erinnerung an das Läuten des Telefons mitten in der Nacht. Die Erinnerung daran, dass ich es sofort wusste, noch bevor ich den Hörer abgehoben hatte, noch bevor ich die schluchzend überschnappende Stimme von Fabians Mutter hörte und verstand, was sie mir sagte. Die Erinnerung an sein Gesicht …
Ich will nicht daran denken. Nicht an diese Nacht!
Ich muss mich ablenken, muss an etwas anderes denken. An etwas Unverfängliches, etwas Schönes. An den Anfang. An den Sommerabend im Bootshaus vor mehr als einem Jahr. An den Tag, an dem Fabian und ich uns zum ersten Mal begegnet sind. An Thomas und Lilian. An Martina, die damals noch meine beste Freundin war. An das gleichmäßige Eintauchen unserer Ruder in das glatte Wasser des Flusses, an das lautlose Gleiten des Boots, an Lilians halblaute Kommandos, an das empört-schnatternde Auffliegen der Enten vor unserem Bug, an Fabians Schultern und Rücken dicht vor mir und die kleinen feuchten Haarkringel in seinem Nacken.
Daran will ich denken. An die Bilder des Anfangs, als die Tage noch hell waren und leicht zu leben.

Wenn wir heute Abend fünf Leute zusammenkriegen, nehmen wir uns endlich einmal den „Kranich", sagte Lilian. Ich sehe nicht ein, warum wir immer nur die alten Pötte rudern sollen. So gut wie unser aller Reinie sind wir auch.
Der „Kranich" war das neueste Boot des Clubs und das teuerste. Ohne jede besondere Vereinbarung hatten den Doppelvierer mit Steuermann bisher ausschließlich Reinhard und seine engsten Freunde gerudert. Reinhard Schwaab war Mitglied und Hauptsponsor des Ruder- und Kajakclub Moselland e.V. Von seinen Eltern hatte der sanft verbummelte Psychologiestudent im vierzehnten Semester ein Weingut am Oberlauf der Mosel geerbt. Nach halbherzigem Sträuben verstaute er schließlich die Werke von Freud, Jung, Adler und Konsorten in vier großen Bücherkisten, schleppte sie auf den Speicher und stieg mit zunehmendem Elan in die Leitung des Guts ein.
Die Bezeichnung Weingut war eine milde Untertreibung. Das Anwesen war riesig. Das Hauptgebäude, ein imposanter Barockbau mit geschwungener Freitreppe und vergoldeten Balustraden, mit einem weitläufigen Park, dessen Rosarium bis dicht ans Flussufer hinabreichte, wirkte auf den Betrachter, der es vom Wasser aus zum ersten Mal sah, wie ein Märchenschloss. Die Riesling-Steillagen im Besitz der Familie zählten zu den besten im weiten Umkreis und

räumten bei den jährlichen Prämiierungen fast immer die ersten Plätze ab.
Reinhard, ein Junggeselle um die Dreißig, mit abnehmenden Haaren und zunehmendem Bauchansatz, war ein großzügiger Mann. Seine regelmäßigen Schecks ermöglichten dem Club die Erweiterung des Bootshauses um eine gemütliche kleine Bar, einen erstklassig ausgestatteten Fitnessraum für das Training im Winter und einen Saal für größere Veranstaltungen. Außerdem übernahm er die halben Lohnkosten für Harry, den Hausmeister und Bootswart, und gab kräftige Finanzspritzen für eben solche Neuanschaffungen wie den „Kranich", ein Boot der Extraklasse aus fein gemaserter Libanonzeder, einem seidig schimmernden hellen Holz ohne einen einzigen Knoten oder eine Verdickung. Solche Boote wurden kaum noch gebaut. Reinie hatte es bei einem sympathisch versponnenen Bootsbauer an der Lahn bestellt, der auf Liebhaberstücke dieser Art spezialisiert war.
Die Clubfeste blühten unter Reinhards Obhut zu gesellschaftlichen Höhepunkten auf, und wenn die richtigen Leute zusammen waren, Leute, die eine trockene Riesling-Auslese nicht auf Ex kippten, sie nicht als Rachenputzer bezeichneten oder vorschlugen, Gewürzgurken darin einzulegen, dann entkorkte er auch schon einmal großzügig ein paar Flaschen vom Allerbesten.
Heute war ‚unser aller Reinie', wie Lilian ihn auch in seiner Anwesenheit bezeichnete, nicht zu erwarten. Ihm war beim letzten Trainingsabend, als es in Strömen goss und niemand Lust hatte, ein Boot zu Wasser zu lassen, bei einer Übung im Fitnessraum eine Hantel auf den Fuß gefallen. Der rechte Mittelfußknochen war mehrfach kompliziert gebrochen.

Die Heilung würde einige Wochen, wenn nicht gar Monate dauern.

Vorläufig erschien die Aussicht gering, einen Vierer mit Steuermann zusammenzubringen. Lilian und ich machten ein paar leichte Dehnübungen, Thomas ging zum Clubsteg hinunter, von dem aus man die Uferstraße weithin nach beiden Seiten überblicken konnte. Wir warteten auf Martina. Sie trödelte wie immer. Aber sie würde kommen, das hatte sie noch heute Morgen versprochen. Allerdings fehlte dann immer noch einer für den „Kranich". Wir hätten Muharrem fragen können, der gerade in sein schmales Skiff gestiegen war und sofort ein mächtiges Tempo vorlegte. Muharrem war fast zwei Meter groß. Seine langen Arme ermöglichten ihm eine riesige Auslage. Das war in dem Einer, den er jetzt fuhr, ein eindeutiger Vorteil, beim Vierer führte es dazu, dass er Schwierigkeiten hatte, sich dem Rhythmus der anderen anzupassen.

Na endlich, rief Thomas und sprang die Stufen zum Bootshaus hoch, Martina kommt. Und noch jemand. Aber vielleicht will der ja gar nicht zu uns.
Ich sah den beiden Radfahrern entgegen. Martinas dunkelgrüner Anorak und ihr seit kurzem brandrot gefärbter Wuschelkopf waren schon von weitem eindeutig zu identifizieren. Den jungen Mann, der je nach Breite des Wegs mal neben ihr und mal hinter ihr fuhr, kannte ich nicht.
Nachdem die beiden ihre Räder abgestellt und gesichert hatten, stellte Martina ihn vor. Das ist Fabian, sagte sie. Er ist ein Freund meines Bruders und hat bis jetzt bei „Mosella" trai-

niert. Er fühlt sich aber nicht mehr wohl in dem Verein und überlegt, ob er nicht bei uns eintreten soll.

Fabian stand in der offenen Tür des Bootshauses. Die tiefstehende Sonne in seinem Rücken blendete mich so sehr, dass ich sein Gesicht kaum erkennen konnte. Das erste, was ich von ihm wahrnahm, war sein Duft. Eigentlich hasse ich parfümierte Männer, aber dieses herbe, leichte Aroma, das ihn umgab, eine Mischung von Seife und frisch gemähtem Heu, schien ganz natürlich zu ihm zu gehören.
Das ist Lilian, unsere Sklaventreiberin, sagte Martina, sie ist am längsten bei der Truppe. Das ist Thomas, unser bester Schlagmann und Helfer in allen Nöten. Und das ist meine Freundin Lena, die tollste Frau des RC Moselland e.V. und weit darüber hinaus.
Stimmt, sagte Fabian und streckte mir seine Hand entgegen. Ich fühlte, wie mir die Röte ins Gesicht stieg.
Wenn du hier überleben willst, sagte ich, musst du die wichtigste Regel des Clubs beherrschen. Sie heißt: Du darfst Martinas Sprüche nicht ernst nehmen.
In diesem Fall muss ich die Regel brechen und sollte es mein Leben kosten, sagte Fabian und ließ endlich meine Hand los.
Steht nicht länger 'rum, Leute, jetzt haben wir unseren Vierer komplett. Auf der Hinfahrt mache ich den Steuermann, zurück übernimmt Thomas. Alles klar?
Lilian erwartete keine Antwort. Sie war daran gewöhnt, dass sich alle ihrem Kommando beugten.

Während der Fahrt zur Schleuse saß Fabian vor mir. Ich hatte dafür gesorgt, weil ich ihn auf keinen Fall in meinem

Rücken haben wollte. Jetzt konnte ich ihn in Ruhe beobachten, ohne selbst gesehen zu werden. Er ruderte gut. Locker und präzise, beinahe ohne einen Spritzer tauchte er die Skulls ein. Seine Schultern und Arme waren von der Sonne leicht gebräunt. Unter dem weißen Shirt zeichneten sich kräftige Rückenmuskeln ab.
Nachdem wir die Anleger mit den beiden holländischen Kabinenschiffen passiert hatten, erhöhte Lilian die Schlagzahl. Auf Fabians Schultern glitzerten jetzt kleine Schweißperlen und die kurzen dunklen Haare kringelten sich feucht im Nacken und hinter den Ohren. Bei jedem Vor- und Zurückgleiten der Rollsitze überfiel mich sein Duft. Er mischte sich mit dem Geruch nach frischem Schweiß, mit den Ausdünstungen des Flusses und dem schweren Aroma des späten Holunders, das in Wolken vom Ufer herüberwehte.

Wir wendeten vor der Schleuse. Thomas übernahm das Steuer. Das Boot lief fantastisch, und zusammen mit Lilian fanden wir den optimalen Rhythmus. Völlig synchron tauchten wir die Skulls ein und glitten in einer einzigen, ununterbrochenen Bewegung über den glatten Spiegel des breit aufgestauten Oberwassers.
Die Sonne ging bereits unter, als unser Steg wieder in Sicht kam. Aber niemand von uns wollte schon an Land zurück. Die helle Dämmerung gab noch genügend Sicht. Als Thomas vorschlug, noch bis zur Brücke zu fahren, waren alle einverstanden. Der Fluss beschrieb jetzt eine weite Kurve. Wir befuhren die Innenseite. Kurz bevor die Bugspitze in den langen Schatten des Brückenbogens eintauchte, passierte es. Ein leichtes Scheuern, ein Knirschen: Wir saßen fest.

Verdammt noch mal, Thomas, knurrte Lilian, hast du gepennt? Ausgerechnet den „Kranich“ musstest du auf Grund setzen.
Das ist doch nicht allein seine Schuld, sagte Fabian. Der Wasserstand ist so niedrig, dass wir auf eine der kleinen Sandbänke geraten sind. Wir hätten im Fahrwasser bleiben oder die Außenkurve nehmen müssen, aber darauf haben wir alle nicht geachtet.
Martina, die in der Spitze saß, langte nach dem Stechpaddel. Sie rammte es seitlich neben den Bug und stemmte sich mit aller Kraft dagegen. Das Boot knirschte noch einmal über den Grund, dann waren wir frei.
Nehmen wir Wasser auf, siehst du ein Leck?, fragte Thomas. Martina schüttelte den Kopf. Nein, scheint alles in Ordnung zu sein. Sollen wir anlegen und nachsehen? Oder riskieren wir das kurze Stück Rückfahrt zum Club?
Wir fahren zurück, entschied Lilian, sonst wird es zu dunkel.

Als wir am Vereinssteg das Boot aus dem Wasser hoben, stellten wir fest, dass der Schaden nicht so schlimm war, wie wir befürchtet hatten. Die Kratzer am Rumpf waren deutlich, aber nicht sehr tief. Thomas trug die Grundberührung ins Fahrtenbuch ein, und Harry versprach, den „Kranich“ gleich am nächsten Tag zu reparieren.
Wollen wir auf den Schrecken noch ein Bier trinken?, fragte Fabian. Obwohl die Einladung offenbar für alle galt, sah er dabei nur mich an. Seine Augen unter den dichten Brauen waren schmal, die Pupillen, von der Farbe dunklen Bernsteins, umgab ein scharf abgegrenzter schwarzer Ring. Die Augen eines Wolfs, dachte ich, oder eines Jägers.

Lilian und Thomas winkten ab. Martina zögerte noch, ihr Blick wanderte zwischen Fabian und mir hin und her. Ich muss auch nach Hause, sagte sie und zwinkerte mir zu.
Es war keine bewusste Entscheidung. Eher ein instinktives Ausweichen. Ich murmelte etwas von einer Englischklausur am nächsten Morgen und verließ das Bootshaus so rasch, als wäre ich auf der Flucht. Ich rannte den ganzen Weg bis nach Hause und sah mich nicht ein einziges Mal um.

Nach dem Abendessen telefonierte ich mit Martina. Jens war am Apparat. Nanu, sagte er, ich dachte, du hockst händchenhaltend mit meinem Freund Fabian in der Kneipe. Da habe ich meine Schwester wohl missverstanden.
Hast du. Kannst du sie mal an den Apparat holen?
Warum? Wenn du richtig gute Auskünfte aus erster Hand brauchst, wie Alter, Beruf, Charakter, Einkommen, Hobbys, sexuelle Vorlieben, verflossene und gegenwärtige Freundinnen, dann frag doch gleich mich.
Verschwinde sofort aus der Leitung, du Idiot!
Er lachte. Martina übernahm das Gespräch.
Warte, sagte sie, ich stelle auf den anderen Apparat um. Kleine Töpfe haben große Henkel.
Es knackte in der Leitung.
So, nun sprich nur, mein Kind, rede dir alles von der Seele, sagte Martina salbungsvoll. Warum bist du nicht mit ihm gegangen? Die Einladung war doch eindeutig nur auf dich gemünzt, uns andere hat er ja nicht mal angesehen dabei. Und erzähl mir bloß nicht, dass es bei dir nicht gefunkt hat.
Ja, sagte ich. Ich meine nein. Natürlich hat er mir gefallen.
Aber?

Ich weiß auch nicht. Es ging mir zu schnell. Er schien mir so sicher. Ich fühlte mich wie eingekreist. Als ob er nur mit den Fingern zu schnippen brauchte.
Bei mir brauchte er nicht mal zu schnippen, seufzte Martina. Mensch Lena, das ist doch ein klasse Typ. Sieht toll aus, hat was in der Birne, und sein alter Herr hat Moos. Und dann diese unwiderstehlichen Grübchen. Da wurde ich einfach schwach.
Was denn für Grübchen?
Na, wenn er lacht! Sag bloß, die sind dir nicht aufgefallen!
Sie waren mir wirklich nicht aufgefallen. Ich konnte mir sein Gesicht kaum noch vorstellen. Aber ich erinnerte mich fotografisch genau an diese sonderbaren, wilden Augen. Und den Geruch nach Seife, Schweiß und Sommerwiese hätte ich unter Tausenden wiedererkannt.
Was weißt du über ihn? Was macht er? Wie alt ist er? Komm schon, Martina, spann mich nicht auf die Folter. Leg los!
Sie kicherte. Soll ich dich nicht doch lieber mit Jens verbinden? So genau wie er kennt kaum jemand den Fabian. Die beiden sind dicke Freunde seit ihrem ersten Schultag. Fabian ist ungefähr vier Jahre älter als ich, also mehr als fünf Jahre älter als du. Eigentlich also viel zu alt für dich. Er studiert Betriebswirtschaft. Außerdem arbeitet er in der Firma seines Vaters. Der macht irgendwas mit Computer-Software oder so. Du kennst doch diesen großen verspiegelten Büroklotz gleich gegenüber vom Bahnhof. Mensing-Elektronik. Das ist der Laden seines Vaters. Scheint sehr gut zu laufen. Fabian reist viel im Auftrag der Firma, vor allem in die USA. Voriges Jahr ist Jens zusammen mit ihm nach Philadelphia geflogen. Fabian besuchte einige Unternehmen, und danach

haben die beiden für sechs Wochen eine Rundreise mit einem Campingbus gemacht. Jens ist jetzt noch hin und weg davon.
Komm zur Sache, Martina. Was ist mit Frauen?
Keine Ahnung.
Höre ich da ein leichtes Zögern? Sag mir jetzt bitte nicht, dass er schwul ist.
Nein, nein. Das auf gar keinen Fall. Aber ob und mit wem er im Augenblick zusammen ist, das weiß ich wirklich nicht. Da war mal eine Claudia. Jens fand sie zickig. Typ Barbie, sehr blond, sehr viel Zähne, voll durchgestylt, Tennis, Reitpferd, na du weißt schon, was ich meine. Ist aber schon eine ganze Weile her. Ob die noch aktuell ist, kann dir wirklich bloß Jens sagen. Soll ich ihn fragen?
Untersteh dich!

Meine Eltern schliefen längst. Ich hatte nicht mehr für die Englischklausur gelernt. Ich konnte mich nicht konzentrieren. Stattdessen war ich beim Zappen durch die Fernsehkanäle bei einem alten Bette Davis-Film hängen geblieben. Beim ersten Klingeln des Telefons fuhr ich erschrocken aus meiner Sofaecke hoch. Wer rief denn um diese Zeit noch an? Ich hob den Hörer ab.
Kannst du auch nicht einschlafen?, fragte die Stimme.
Wer spricht denn da?
Fabian. Schon vergessen? Der Typ aus dem Vierer, der mit dir zusammen den „Kranich“ auf Grund gesetzt hat, der aus dem Ruderclub Mosella, der Große mit den dunklen Haaren, den die Martina mitgebracht hat, der Freund von Jens, der, nach dem du dich so eingehend erkundigt hast, der, der dich

zu einem Bier einladen wollte, der Typ, den du eiskalt hast abblitzen lassen und der jetzt einfach nicht einschlafen kann, ohne dich noch einmal zu sehen.
Weißt du, wie spät es ist, stotterte ich. Mein Vater kriegte einen Anfall, wenn er das wüsste, und morgen muss ich …
… eine Englischarbeit schreiben. Ich weiß. Sei nicht so streng mit mir. Bitte. Komm nur für eine einzige Stunde. Wir könnten die beste Pizza diesseits der Alpen bei „Nino" essen. Oder möchtest du lieber Livemusik im „Strickstrumpf" anhören? Oder Champagner trinken im „Amadeo" bei Kerzenlicht und Geigenmusik? Oder sollen wir hinunter zum Fluss gehen, am Ufer sitzen und schweigend den Mondschein betrachten wie die Paare auf den japanischen Tuschbildern? Bitte, Lena! Wenn du nicht kommst, werde ich die ganze Nacht auf den Stufen eurer Treppe sitzen und mir eine Lungenentzündung holen. Oder ich hupe so lange, bis die Nachbarn zusammenlaufen und dich zwingen, mich endlich zu erhören. Oder ich hole meine Gitarre und singe traurige Lieder unter deinem Fenster. Oder ich steige auf die Brüstung der Römerbrücke und stürze mich …
Ich musste lachen. Schon gut, sagte ich. Ich gebe auf. Du hast mich überredet. Aber wirklich nicht länger als eine Stunde. Ich darf gar nicht daran denken, was passiert, wenn mein Vater etwas davon mitkriegt. Wo treffe ich dich?
Ich parke genau vor eurer Einfahrt.

Dieser Anruf mitten in der Nacht – er kennzeichnete Fabian wie eine gelungene Momentaufnahme. Das wurde mir erst später klar. So wie durch einen glücklichen Zufall manchmal ein Schnappschuss exakt das Typische und

Unverwechselbare einer Person zeigt, so war es auch mit diesem Telefonat. Es präsentierte mir Fabians wichtigste Charakterzüge auf einen Blick: Er war originell, redegewandt und zielstrebig, er gab nie auf, und er war zutiefst überzeugt von seiner Attraktivität und seinem unausbleiblichen Erfolg.

In dieser Nacht dachte ich nichts dergleichen. Ich durchwühlte meinen Kleiderschrank. Was trägt Frau bei einem mitternächtlichen Ausflug? Mir fehlte jede Erfahrung auf diesem Gebiet. Außerdem konnte ich mich nicht entscheiden, welches von Fabians Angeboten ich annehmen sollte. Champagner bei Kerzenlicht erforderte ein anderes Outfit als Jazz in einer Studentenkneipe oder Pizza beim Italiener. Einzig die japanische Variante mit dem Mondschein am Flussufer kam auf keinen Fall in Frage. Viel zu romantisch und zu riskant für das erste Mal. Ich entschied mich für meine geliebte schwarze Samthose, ein knappes, weit ausgeschnittenes weißes Leinentop und das riesige federleichte Kaschmirtuch aus dem Nachlass meiner Großmutter, das ich mir schräg über die linke Schulter drapierte und auf der rechten Hüfte locker verknotete. Die Haare noch einmal kräftig durchgebürstet, Rouge auf Wangenknochen und Lippen verrieben, die Augen mit braunem Kajalstift umrandet – fertig.

Der dunkelgrüne Flitzer mit dem zurückgeschlagenen Cabrioverdeck stand unmittelbar vor unserer Einfahrt. Die Lichter waren ausgeschaltet. Das Auto war leer. Im Radio lief leise Musik. Wo war Fabian? Ich sah mich um. Unschlüssig

ging ich ein paar Meter in Richtung Bushaltestelle. Dann hörte ich seine Schritte hinter mir und drehte mich um.
Ich wusste, dass du kommen würdest, sagte er leise.
Das sehe ich. Du warst dir so sicher, dass du sogar schon Blumen gekauft hast.
Gekauft ist vielleicht nicht ganz der richtige Ausdruck, murmelte Fabian. Er lächelte mich an, und im Licht der Straßenlaterne sah ich zum ersten Mal die beiden wirklich unwiderstehlichen Grübchen in seinen Wangen.
Ich habe die Blumen besorgt, das trifft es besser, aber ich wollte das nicht bei euren unmittelbaren Nachbarn tun, damit du keinen Ärger bekommst. Deshalb musste ich ein paar Straßen weit laufen, bis ich die richtige Sorte gefunden hatte.
Er drückte mir einen Strauß voll aufgeblühter flammend roter Rosen in die Hände. Als ich sie an mein Gesicht hob, um ihren Duft einzuatmen, verfing sich einer der Zweige in meinem Schultertuch.
Lass mich dir helfen, sagte Fabian. Vorsichtig löste er das Gewebe aus den dornigen Widerhaken und zog das Tuch zurecht. Dabei streifte sein Handrücken meine Halsbeuge hinunter, über die nackte Haut im Ausschnitt des Tops bis zum Ansatz meiner Brüste. War das Absicht oder Zufall? Ich spürte die Berührung noch lange, so wie das brennende Prickeln, wenn man eine Nessel berührt hat.

Wir fuhren zum „Strickstrumpf“. Als Fabian mich während der Fahrt in die Innenstadt fragte, entschied ich mich spontan für die kleine Altstadtkneipe. Die Vorstellung von Pizza mitten in der Nacht reizte mich nicht, und ich fürchtete, dass Champagner und Kerzenlicht das ohnehin rasante

Tempo dieser ersten Begegnung noch beschleunigen würden.
Der niedrige Raum mit dem flachen Podium, das als Bühne diente, war überfüllt. Die meisten der Stammgäste waren Studenten. Fabian kannte viele von ihnen. Während wir uns nach vorne zur Theke durchkämpften, begrüßte er einige junge Männer, ein Mädchen küsste ihn auf beide Wangen und ein anderes winkte ihm von weitem zu. Auf keine von beiden passte Martinas Beschreibung.
Im Hintergrund der Kneipe entstand Bewegung. Fünf junge Männer bahnten sich einen Weg durch die Menge. Ihre Instrumente hielten sie hoch über die Köpfe, um sie im Gedränge vor Beschädigung zu schützen. Vier der Musiker waren Schwarze, der fünfte, der jetzt aufatmend seinen Kontrabass auf die Bühne wuchtete, war ein Weißer. Die Zusammenstellung der Instrumente fand ich ungewöhnlich. Neben dem Kontrabass gab es ein Schlagzeug, ein Banjo, eine Trompete und eine Posaune.
Klasse, sagte Fabian, New-Orleans-Jazz. Dazu muss man unbedingt einen Bourbon trinken. Nimmst du ihn mit Eis, mit Soda oder pur?
Ich weiß nicht. Was schmeckt besser?
Wenn du noch keinen Whisky getrunken hast, dann nimm ihn erst einmal mit Soda. Einverstanden?
Ich war mit allem einverstanden. Fabian stieß mit mir an. Die Flüssigkeit in dem dickwandigen Glas hatte die Farbe seiner Augen. Sie schmeckte merkwürdig. Etwas bitter, etwas rauchig, ich mochte sie nicht. Aber nach ein paar Schlucken gewöhnte ich mich an den Geschmack. Es war heiß in dem niedrigen Raum. Ich trank sehr schnell.

Ich glaube, ich möchte noch einen, sagte ich.
Trink ihn nicht so rasch, Kleine. Das ist keine Limonade. Nimm lieber erst einmal ein Mineralwasser oder eine Cola.
Ich schüttelte energisch den Kopf. Ich hasse es, wenn man mich Kleine nennt. Und ich hasse es, wenn mir jemand ungefragt gute Ratschläge gibt.
Einen Bourbon pur bitte, sagte ich zu der Kellnerin.
Die Musik setzte ein. Ich hatte so etwas noch nie zuvor gehört, jedenfalls nicht bewusst. Dieser langgezogene, traurige und zugleich beschwingte, vorantreibende Rhythmus, diese vibrierenden Töne, die nicht direkt falsch klangen, aber leicht schräg und unsauber angespielt wurden, die mir eine leichte Gänsehaut bescherten und die doch gerade so klingen mussten.
Ich nippte vorsichtig an meinem zweiten Whisky und spürte schon seine Wirkung. Am liebsten hätte ich mir jetzt wirklich ein Mineralwasser bestellt.
Gefällt dir die Musik?, fragte Fabian.
Ja. Sehr. Sie ist merkwürdig, ganz fremd, aber ich glaube, dass man danach süchtig werden kann.
Das sind funeral-marches, sagte Fabian, so etwas spielten die Schwarzen in den Südstaaten beim Leichenzug. Traurig auf dem Hinweg, zunehmend fröhlicher auf dem Rückweg. Das Ganze mündete in eine ausgelassene Feier. Ich glaube, da machte die Beerdigung sogar den Angehörigen Spaß. Für mein eigenes Begräbnis wünsche ich mir auch einmal so eine Musik, auf gar keinen Fall diesen Trauermarsch, den sie immer spielen. Pom pompompom, pom pompom pompom pompom. Du weißt schon, Chopin oder Mendelssohn, glaube ich.

Er lachte. Seine Zähne waren stark und sehr weiß. Doch eher ein Wolf, dachte ich.

Die Kneipe platzte schon aus allen Nähten, und immer noch öffnete sich die Eingangstür und Einzelne, Paare oder ganze Gruppen drängten herein. Vor der Bühne wurde die Enge fast unerträglich. Ich fühlte, wie sich Fabians Hüfte und Schenkel dicht an mich pressten. Lag das nur am Gedränge? Ich wollte es nicht wissen, es spielte keine Rolle. Ich genoss seine Nähe, den Druck seines festen Körpers, seine Wärme und seinen Duft, das leichte Wiegen im mitreißend fremden Rhythmus der Musik und die schönen, schwebenden Nebel einer leichten Trunkenheit in meinem Kopf.
Fabian legte seinen Arm um meine Schulter. Ich lehnte meinen Kopf an ihn und spürte unter meiner Wange das Pochen seiner Halsschlagader.
So sollte es immer sein, dachte ich. So erwachsen. So frei. Nächte mit Musik, Bourbon und Fabian. Nie mehr pünktlich nach Hause kommen müssen, nie mehr die Wutausbrüche meines Vaters und die ängstlichen Ermahnungen meiner Mutter anhören, nie mehr die Langeweile der Schulstunden, nie mehr das Pauken für Klausuren.
Klausuren – Englischklausur – morgen früh – ich spürte förmlich, wie ich in die Wirklichkeit zurück plumpste. Ich sah auf meine Uhr. Beinahe halb drei. Das konnte doch nicht wahr sein.
Ich muss sofort nach Hause!, sagte ich.
Wie schade, Kleines, murmelte Fabian dicht an meinem Ohr. Ich wünsche mir, dass du bei mir bleibst, bis die Sonne aufgeht.

Als wir vor unserem Haus anhielten, zeigte sich am dunklen Himmel über den flachen Dächern der Fertiggaragen am Ende der Straße schon ein erster schwacher Lichtschimmer.
Du hast es beinahe geschafft, sagte ich, wenn ich nicht augenblicklich verschwinde, erleben wir wirklich noch den Sonnenaufgang miteinander.
Fabian beugte sich zu mir hinüber. In dem kleinen Cabrio war er plötzlich bedrängend nah. Den Ausdruck seiner Augen konnte ich im Halbdunkel nicht erkennen, nur ein Glitzern unter den schwarzen Bögen der Brauen.
Lena, flüsterte er, wann sehe ich dich wieder? Sein Atem streifte über mein Gesicht. Ich spürte, wie sein Mund näher kam.
Und wieder entschied ich mich nicht bewusst. Irgendetwas ließ mich zurückweichen. Hatte ich Angst vor ihm?
Ich öffnete die Tür und sprang aus dem Auto.
Wenn dir unser Club gefallen hat, treffen wir uns beim Training, sagte ich mit der Klinke in der Hand, oder beim Sommerfest am nächsten Wochenende. Dann warf ich die Wagentür ins Schloss und rannte über die Einfahrt auf unser Haus zu.
Noch vor der Treppe hatte er mich eingeholt.
Mit einem einzigen Griff drehte er mich zu sich herum. Seine Finger gruben sich in meine Schultern. Als ich versuchte, mich loszureißen, begann er leise zu lachen. Dann presste er seinen Mund auf den meinen, und seine Zunge und seine Zähne zwangen meine Lippen auseinander. Noch nie hatte mich jemand so geküsst. Noch nie hatte ich etwas ähnliches gefühlt wie in diesem Augenblick. Ich schloss die Augen, klammerte mich an ihn und erwiderte seine Küsse,

die fast schon Bisse waren, und deren Spuren ich später unter Lippenstift und Puder zu verbergen versuchte.

Wir stießen auf dem Gang zusammen.
Ich hatte beinahe schon mein Zimmer erreicht, als sich die Tür zum Bad öffnete und mein Vater herauskam. Er starrte mich an wie ein Gespenst, und plötzlich sah ich – wie in einer Filmszene – ihn, mich und die ganze Situation mit seinen Augen:
Am Morgen, gegen drei Uhr, begegnet der rechtschaffene, ahnungslose Vater im Hausflur seiner gerade heimkehrenden minderjährigen Tochter, die er längst im Bett glaubt. Ihr tief dekolletiertes Oberteil ist zerknittert, ihre Haare sind zerwühlt, die Lippen zerbissen, sie riecht nach Alkohol und Zigarettenrauch, in der linken Hand hält sie ihre Schuhe, in der rechten einen zerdrückten Rosenstrauß.
Als er ausholte und mit der flachen Hand immer wieder in mein Gesicht schlug, wich ich nicht zurück. Ich verstand ihn sogar.

Die Englischklausur war ein Fiasko. Eigentlich hätte ich schon nach der ersten Viertelstunde abgeben und nach Hause gehen können. Mein Gedächtnis war leer gefegt. Ich bemalte mein Löschblatt mit Blumenranken und Eiskristallen, erwog für kurze Zeit halbherzig, bei Daniel abzuschreiben, der wie ein Automat Seite um Seite füllte und mir auch bereitwillig seine fertigen Blätter zuschob, aber dann gab ich es einfach auf. Ich starrte aus dem Fenster und sah den akrobatischen Flugbewegungen der Mauersegler zu, denen das vom Biologie-Leistungskurs frisch angelegte Feucht-

biotop des Schulgartens Mücken und Libellen frei Haus lieferte. Als der Gong das Ende der zweiten Stunde anzeigte, packte ich meine Schulmappe und ging nach vorne. Ich legte die leeren Klausurbögen mit dem Stempel in der rechten oberen Ecke auf den Schreibtisch von Frau Maraun. Sie sah mich fragend an.
Mir ist nicht gut heute, murmelte ich. Kann ich bitte gehen?
Natürlich. Du siehst auch völlig verquollen aus. Warum hast du dich nicht gleich gemeldet? Jetzt muss ich die Arbeit leider trotzdem bewerten.
Ich weiß, sagte ich. Es spielt keine Rolle.

Ich hatte keine Lust, nach Hause zu gehen, keine Lust, meinem Vater zu begegnen, keine Lust, seine Fragen zu beantworten, keine Lust, die forschenden Blicke meiner Mutter zu spüren und in ihr sorgenvolles Gesicht zu sehen.
Ich schlenderte zum Fluss hinunter. Das Tor zum Clubgelände war verschlossen. Ich kramte in meiner Schulmappe, aber ich hatte am Morgen vergessen, meine Schlüssel einzustecken. Durch die Gitterstäbe sah ich, dass der „Kranich" auf zwei Böcken vor dem Werkstattschuppen lag. Harry hatte offenbar schon mit der Reparatur begonnen.
Es war drückend schwül. Ich betrachtete den Himmel. Von Osten segelten dickbäuchige, dunkle Wolken heran, kräftig angeblasen von plötzlich auffauchenden Böen. Ich ging zum Bootssteg hinunter, zog die Turnschuhe aus, krempelte die Hosenbeine hoch und ließ meine Füße ins Wasser gleiten, das sich im immer heftiger werdenden Wind erst zu kräuseln begann, dann Wellen aufwarf und sie schließlich mit kleinen weißen Schaumkronen bedeckte.

Als die ersten Tropfen fielen, schloss ich die Augen. Ich hielt mein Gesicht nach oben, der strömenden, warmen Nässe entgegen. An den über den schwarzen Himmel zuckenden Blitzen und den fast gleichzeitigen Donnerschlägen erkannte ich, dass sich das Gewitter unmittelbar über mir befand. Aber ich spürte keine Angst. Ich blieb einfach sitzen. Das Wasser überfiel mich wie eine gewaltige Dusche, troff mir aus den Haaren und lief in dicken Tränen über mein Gesicht, es klebte mir das Shirt und die Jeans an den Körper und stand zentimeterhoch in meinen Schuhen.
Das Gewitter endete so plötzlich, wie es begonnen hatte. Die Sonne glitzerte auf dem Fluss und auf den riesigen Pfützen des Uferwegs. Die Erde dampfte wie nach einem Saunagang. Es duftete nach Fruchtbarkeit. Ich legte mich zurück auf die nassen Bohlen des Stegs und schloss die Augen.

Ich roch es schon, als ich die Haustüre aufschloss. Es gab Dampfnudeln mit Pflaumenkompott, mein absolutes Lieblingsgericht. Ich küsste meine Mutter auf beide Wangen. Das Mittagessen war eine eindeutige Parteinahme zu meinen Gunsten. Mein Vater mochte keine Süßspeisen als Hauptgericht. Du kommst spät, Kind, sagte meine Mutter, und du siehst aus wie eine gebadete Katze. Zieh dich schnell um, in einer Stunde muss ich wieder los. Wie war die Klausur?
Ich hielt den Daumen nach unten.
Auch das noch, seufzte meine Mutter. Sie goss den Rest der gezuckerten Milch über die Nudeln und schob die Form zurück in den Backofen. Die süße Milch karamelisierte in der Hitze und überzog die Speise mit einer knusprigen, braunen Kruste.

Ich hängte meine nassen Sachen auf die Leine über der Badewanne. Dann frottierte und föhnte ich meine Haare trocken und schlüpfte in den weißen Jogging-Anzug mit dem Aufdruck unseres Ruderclubs. Mein Gesicht sah im grellen Neonlicht des Spiegelschranks schrecklich aus. Die aufgeplatzten wunden Lippen verdankte ich Fabian, die blauroten Schwellungen auf den Wangen und unter den Augen meinem Vater.
Mistkerle, dachte ich. Mit Puder und Lippenstift überdeckte ich Fabians Anteil an der Verwüstung.

Während der Mahlzeit sprachen mein Vater und ich kein einziges Wort. Das war eigentlich nichts Besonderes, aber heute versuchte meine Mutter die bleierne Stille zu brechen, indem sie kleine Episoden aus der Vormittagssprechstunde erzählte. Sie arbeitete als Helferin bei einem Zahnarzt. Früher, als ich noch klein war, war sie immer zu Hause. Erst als ich in das zweite Schuljahr kam, begann sie wieder zu arbeiten. Zunächst nur an drei Vormittagen pro Woche. Aber mein Vater war damit nicht einverstanden. Ich erinnere mich, dass es tage- und wochenlangen Streit darüber gab. Kurz danach begann die erste Entlassungswelle in der Firma, in der mein Vater angestellt war. Zuerst traf es die Mitarbeiter über sechzig. Sie wurden in den vorzeitigen Ruhestand versetzt, wie es hieß. Mein Vater fand das damals ganz in Ordnung. Mit Kusshand würde er so ein Angebot annehmen, sagte er. Ich erinnere mich genau daran. Aber das war erst der Anfang. Als alle Angestellten über fünfundfünfzig gekündigt wurden und von einem Sozialplan oder einem Rentenausgleich keine Rede mehr war, wurden seine Kommentare kritischer. Schließlich hieß es, dass auch das mittlere Management sich den konjunkturellen Gegebenheiten anpassen müsse, lean production, Verschlankung der Strukturen. Lauter schöne Begriffe für hässliche Tatsachen.

Als ich ungefähr zehn Jahre alt war, hatte mein Vater mich einmal mit in sein Büro genommen. Damals mussten wir einen Aufsatz schreiben. Ich weiß nicht mehr genau, wie das Thema hieß. „Was macht mein Vater den ganzen Tag?“, oder so ähnlich. Nimm sie doch einfach mal mit in die Firma, schlug meine Mutter vor.
Das ist meine Abteilung, sagte mein Vater am nächsten Tag. Er führte mich durch sieben oder acht kahle Büroräume mit weiß gestrichenen Wänden, grauen Kunststoffböden und wandhohen Aktenregalen, in denen jeweils zwei, drei oder einmal auch vier Leute an Schreibtischen oder vor Computerbildschirmen saßen. Die Leute grüßten meinen Vater, und er erwiderte ihr respektvolles Guten Morgen mit einem knappen Nicken. In einem größeren Raum mit blauem Teppichboden und hellen Gardinen saß eine Frau im Alter meiner Mutter hinter einem Schreibtisch, der wie eine Theke oder eine Barriere den Durchgang zum dahinter liegenden Büro meines Vaters versperrte. Das ist Frau Schumacher, meine Sekretärin, sagte mein Vater. Die rundliche Frau mit den dunklen Locken und den auffallend roten Apfelbäckchen stand auf. Sie gab mir die Hand und lächelte mir zu. Später, als ich mich von ihr verabschiedete, durfte ich mir aus einer blauen Dose, die neben dem Telefon auf ihrem Schreibtisch stand, eine ganze Hand voll Mandelgebäck nehmen.

Als Letztes sah ich das Zimmer meines Vaters. Es war das größte von allen. Der Teppichboden war dick und hellbeige, die Wände waren mit einem rötlichen Holz verkleidet, es gab eingebaute Wandschränke, ein Bücherregal, einen großen Schreibtisch mit einer Glasplatte und einem hochlehnigen Ledersessel dahinter. In einer Fensternische standen ein quadratischer Tisch und sechs gepolsterte Stühle.
Was machst du hier den ganzen Tag, habe ich gefragt.
Ich treffe Entscheidungen, halte kleinere Konferenzen, diktiere Briefe, empfange Besucher, telefoniere mit Kunden und sorge dafür, dass die Warenkreditversicherung immer schwarze Zahlen schreibt, sagte mein Vater.
Ich erinnere mich nicht mehr daran, was ich damals in meinen Aufsatz geschrieben habe.

An dem Tag, an dem mein Vater entlassen wurde, veränderte sich unser Leben. Ich erinnere mich genau an den Morgen, an dem ich es erfuhr. Vater ist gekündigt worden, sagte meine Mutter und setzte sich auf den Rand meines Bettes. Er nimmt es furchtbar schwer. Am besten sprichst du nicht mit ihm darüber, wenn er selbst nichts davon erzählt. Wir müssen jetzt besonders nett zu ihm sein, hörst du? Gib dir Mühe, reize ihn nicht und mach ihm keine zusätzlichen Sorgen.
Warum sucht er sich denn nicht einfach eine neue Arbeit?
Wenn du schon keine Zeitung liest, solltest du wenigstens die Nachrichten hören, sagte meine Mutter. Es gibt keine Arbeit, nicht für Männer in seinem Alter und in seiner Position. Jetzt können wir von Glück sagen, dass ich die Vollzeitstelle bei Dr. Freytag angenommen habe. Das wird uns über das Gröbste helfen.

Ich weiß nicht, wie ich es beschreiben soll. Es war, als ob sich ein dunkles Tuch über unser Leben gelegt hätte. Mit einem Mal verschwand nicht nur das Lachen aus unserem Alltag, sondern auch das Lächeln, die Leichtigkeit, das Unbekümmerte, die Freude an den kleinen Dingen. Unsere Begegnungen verliefen fast stumm. Der düstere Blick meines Vaters schwebte missbilligend über allem. Bei den gemeinsamen Mahlzeiten aßen wir rasch und konzentriert und verließen am Ende den Raum, als ob wir flüchten müssten.
In den ersten Monaten tat mein Vater einfach gar nichts. Nicht einmal die Dinge, mit denen er sich sonst beschäftigt hatte. Das Unkraut im Garten überwucherte die Beete, er mähte den Rasen nicht mehr. Ende Juni hatte sein Auto noch immer die Winterreifen aufgezogen und Kotflügel und Türen zeigten noch die weißlichen Spuren von Schneematsch und Auftausalz. Er las nicht mehr, nicht einmal seine sonst unverzichtbare und beim Frühstück für ihn reservierte Tageszeitung, er spielte nicht mehr gegen seinen Schachcomputer, er ging nicht mehr aus dem Haus. Er öffnete keine Briefe, hob nicht mehr ab, wenn das Telefon läutete, kümmerte sich nicht um das Bezahlen von Rechnungen. Er machte einfach gar nichts. Er stand auf, aß und trank, sah Fernsehen und ging zu Bett. Wir dachten, schlimmer könnte es nicht mehr werden. Aber das war ein Irrtum. Es kam wie aus heiterem Himmel und begann damit, dass er eines Morgens schon um kurz nach sechs Uhr an meine Zimmertüre klopfte. Aufstehen, Kleines, sagte er, das Frühstück ist fertig. Ich war so überrascht, dass ich wirklich schon ein paar Minuten später in der Küche erschien. Dort war niemand. Mein Vater hatte den runden Tisch in der Ess-

ecke des Wohnzimmers gedeckt. Wir aßen dort eigentlich nur an Sonn- und Feiertagen oder wenn wir Gäste hatten. Außerdem – und dies war das eigentlich Alarmierende – war es das erste Mal, dass sich mein Vater um irgendetwas kümmerte, das mit Mahlzeiten und Haushalten zusammenhing. Der Tisch war gedeckt wie für ein Familienfrühstück am Ostermorgen: Eier, Obst, Müsli, Milch, Joghurt, Konfitüre, Käse, Schinken, Tee und verschiedene Brotsorten.

Ab jetzt werde ich dafür sorgen, dass wir uns vollwertig ernähren, sagte mein Vater. Das gilt ganz besonders für dich. Ein Becher Kaffee und ein halbes Brötchen im Stehen, das ist kein Frühstück für eine Heranwachsende. Diese Dinge sind hier eingerissen, seit deine Mutter sich mehr um andere Leute als um die eigene Familie kümmert.

Aber du weißt doch, dass ich so früh am Morgen noch keinen Appetit habe, sagte ich. Dafür hat Mutti mir immer klasse Pausenbrote gemacht.

Für die Pause wirst du ab jetzt Rohkost mitnehmen, sagte mein Vater. Ich habe mir in der Stadtbücherei Literatur zum Thema Ernährung besorgt. Möhren, Rettich, Kohlrabischeiben, Gurken, getrocknete Aprikosen oder Apfelschnitze. Dazu eine kleine Thermoskanne Kräutertee im Winter oder naturtrüben Apfelsaft im Sommer. Du wirst sehen, Kleines, in Kürze bist du ein neuer Mensch.

Meine Mutter kam herein. Sie nickte mir zu und setzte sich wortlos an den Tisch. Sie war also schon informiert.

Das war erst der Anfang. Mein Vater begann, sich in alles und jedes einzumischen. Er räumte die Küchenschränke aus und ordnete sie unter dem Gesichtspunkt von effizienten Arbeitsabläufen neu ein, wie er es ausdrückte. Das hieß zum

Beispiel, dass Kaffeekanne, Filter, Filtertüten und Kaffeemehl unmittelbar nebeneinander zu stehen hatten. Bisher stand die Kanne beim Frühstücksporzellan, der Filter im Fach bei den Schüsseln und Rührbechern, die Filtertüten steckten in einem blau lackierten Holzbehälter mit roten Herzchen, der über dem Herd hing und den ich meiner Mutter einmal zu Weihnachten gebastelt hatte. Das Kaffeemehl schließlich befand sich in einer Blechdose im Schrank mit den lange haltbaren Lebensmitteln wie Mehl, Reis, Nudeln und Salz.

Meine Mutter sagte kein Wort zu allen Veränderungen. Wenn ich mich bei ihr beschwerte, ergriff sie die Partei meines Vaters. Sei froh, dass er überhaupt wieder an etwas Interesse findet, sagte sie. Wir dürfen ihn nicht entmutigen, sondern müssen ihn unterstützen. Du wirst sehen, mit der Zeit beruhigt er sich und alles geht wieder auf ein normales Maß zurück.

Das stimmte nicht. Ich wusste es von Anfang an. Wir hätten ihn sofort stoppen müssen, noch bevor er seine Kontrollen auf alle Bereiche unseres Lebens ausgedehnt hatte. Als ich anfing mich zu wehren, war es schon zu spät. Zwar kümmerte er sich schon nach kurzer Zeit nicht mehr um den Haushalt, dafür verlagerte er seine Aktivitäten auf andere Bereiche. Er hatte damit begonnen, regelmäßig zu den Elternsprechtagen meiner Schule zu gehen, hatte sich zum Klassenpflegschaftsvorsitzenden und zum Mitglied der Schulkonferenz wählen lassen. Er kontrollierte meine Stundenpläne, meine Hausaufgaben und mein ganzes Kommen und Gehen. Eines Tages fehlte in meiner Schulmappe der Haustürschlüssel. Als ich meinen Vater danach fragte, sag-

te er, jetzt sei ja endlich wieder jemand zu Hause und ich müsse nicht länger als Schlüsselkind herumlaufen. Damals war ich fast fünfzehn. Meine Mutter sagte noch immer nichts.
Ich musste jetzt für jede Stunde, die ich weder in der Schule noch zu Hause war, eine lückenlose und stichhaltige Erklärung liefern. Eines Tages hatten wir wegen einer Lehrerkonferenz drei Stunden früher Unterrichtsschluss. Ich fühlte mich wie von der Leine gelassen und bummelte mit Martina durch die Stadt. Wir probierten Klamotten und Schuhe an und aßen Eis beim Italiener. Als ich nach Hause kam, fragte mein Vater, ob irgendetwas Besonderes war. Ich schüttelte den Kopf. Da schlug er mir so heftig ins Gesicht, dass meine Nase zu bluten begann. Lüg mich nicht an, schrie er. Ich kenne den Konferenzplan für das ganze Schuljahr. Ihr hattet heute drei Stunden früher frei. Wo hast du dich herumgetrieben? Dem nächsten Schlag wich ich rechtzeitig aus. Ich rannte in mein Zimmer und schloss die Türe hinter mir ab.

Als Nächstes verschaffte sich mein Vater die absolute Übersicht über alles, was mit Post, Telefon und Bankgeschäften zu tun hatte. Briefe an meine Mutter oder mich lagen mittags bereits geöffnet auf dem Sekretär. Wenn das Telefon klingelte, hob mein Vater jetzt immer als erster ab und ließ sich den Namen des Anrufers nennen, bevor er den Hörer weitergab. Er schenkte mir ein kleines Notizbuch, in das ich alle meine Einnahmen und Ausgaben eintragen sollte. Nicht für mich, Kleines, nur zu deiner eigenen Kontrolle, sagte er. Ich legte das Notizbuch in meinen Schrank zwischen meine Unterwäsche und schrieb nichts hinein. Die Höhe meines Taschengeldes war so gering, dass ich keine Schwierigkeiten hatte, den Überblick zu behalten. Nach ein paar Wochen fragte mein Vater, warum das Buch noch leer sei, und kündigte an, dass er mein Taschengeld kürzen werde, solange ich nicht gelernt hätte, gewissenhaft zu wirtschaften. Meine Mutter gab mir wortlos jeden Monat die fehlende Summe und sogar noch etwas mehr.

Anfang Januar teilte mein Vater mit, dass er aus Kostengründen für das neue Jahr statt der bisher zwei nur noch eine Scheckkarte für das gemeinsame Konto beantragt habe und zwar auf seinen Namen. Er werde ab jetzt sämtliche Bankgeschäfte selbst übernehmen. Meine Mutter sah ihn fassungslos an und presste die Lippen aufeinander. Als mein Vater am Monatsende die Kontoauszüge überprüfte, fehlte unter den Eingängen die Gehaltsüberweisung von Dr. Freytag. Er rief die Bank an. Von der Küche aus konnte ich das Telefongespräch verfolgen, und ich hörte seine ungläubigen Nachfragen. Auf das Konto von Frau Baltes überwiesen? Was denn für ein Konto? Vor drei Wochen neu eröffnet? Mit eigener Scheckkarte? Er warf den Hörer auf die Gabel und ich hörte ihn schwer atmend im Raum auf- und abgehen.
Meine Mutter kam nach Hause. Ich warnte sie flüsternd in der Diele vor dem unvermeidlichen Wutanfall. Er blieb aus. Mein Vater erwähnte das Telefonat nicht einmal.
Ich lernte. Es hatte keinen Zweck, mit meinem Vater zu diskutieren. Es war sinnlos, ihn von etwas überzeugen zu wollen. Das einzig richtige Mittel war zu schweigen, zu handeln und ihn vor vollendete Tatsachen zu stellen.

Die Idee stammte von Martina. Ihre Eltern waren seit ihrer Studentenzeit Mitglieder im Ruder- und Kajakclub Moselland. Martina hatte schon im Kindergartenalter mit ihnen in den Ferien Touren auf der Mosel, der Saar und der Lahn gemacht.
Es wird dir gefallen, sagte sie. Wir könnten zusammen trainieren und an den Wanderfahrten teilnehmen. Du kannst zu den Vereinsfesten kommen, du lernst neue Leute kennen, und du hast endlich etwas, das dein Vater nicht bis zur letzten Minute kontrollieren kann. Als Mitglied kriegst du einen Schlüssel zum Vereinsgelände und zum Clubhaus, du kannst den Fitnessraum benutzen oder dir ein Boot nehmen, wann immer du willst.
Ich sprach mit meiner Mutter. Sie begriff sofort. Noch in der gleichen Woche meldete sie mich an. Sie erteilte dem Club eine Einzugsermächtigung für den halbjährlich fällig werdenden Mitgliedsbeitrag und kaufte mir auf Empfehlung des Trainers eine dunkelblaue Leggins, ein weißes Shirt und eine leichte Regenjacke mit Kapuze.
Beim Abendessen informierte sie meinen Vater. Lena braucht unbedingt mehr Bewegung, sagte sie. Sie hockt zu viel im Zimmer und hat sich eine schlechte Haltung angewöhnt. Rudern ist eine der besten Ausgleichssportarten. Das meint auch Dr. Freytag. Es trainiert alle wichtigen Muskelgruppen und findet an der frischen Luft statt. Übrigens muss

sie jetzt unbedingt wieder ihren Schlüssel haben. Die Trainingszeiten sind nicht exakt festgelegt.
Ich werde keinen Pfennig dafür bezahlen, dass deine Tochter sich unbeaufsichtigt herumtreiben kann, schrie mein Vater, und auf keinen Fall werde ich ihr den Schlüssel zurückgeben. Ich möchte wissen, wann sie kommt und wann sie geht.
Er stand auf, stieß so heftig seinen Stuhl zurück, dass er gegen die Anrichte fiel, und verließ das Zimmer.
Am nächsten Tag ließ meine Mutter bei der Eisenwarenhandlung Roth von ihrem Haustürschlüssel ein Duplikat für mich anfertigen.

Das erfolgreiche Muster verfestigte sich. Meine Mutter und ich wurden zu einem perfekt eingespielten Team, das jede Art von offener Auseinandersetzung verweigerte. Untereinander verständigten wir uns mit einem Blick, einer hochgezogenen Augenbraue oder einem kurzen Nicken. Mein Vater agierte zunehmend aggressiver. Er spürte, dass er ins Abseits geriet. Aber unserem hartnäckigen Schweigen konnte er nicht viel entgegensetzen und unserem selbständigen, eigenmächtigen Handeln erst recht nicht. Wir hatten einen Weg gefunden, ihm zu entkommen.
So standen die Dinge zu der Zeit, als ich Fabian begegnete.

In den ersten Tagen trafen wir uns an jedem Abend im Ruderclub. Zusammen mit Martina, Thomas und Lilian trugen wir das Boot zum Anleger, unsere Hände berührten sich, sein Arm streifte meine Hüfte, beim Rudern spürte ich seinen warmen Atem in meinem Nacken. Die Spannung zwischen uns wurde unerträglich. Auf dem Heimweg am Fluss entlang rannten wir Hand in Hand, bis wir endlich den tiefen Schatten der Kastanienallee erreicht hatten. Dort presste mich Fabian mit dem ganzen Gewicht seines Körpers gegen einen der rauen Stämme, und wir küssten uns wie Verdurstende, verbissen uns ineinander, bis meine Beine zitterten und mein Herz so hoch in meinem Hals klopfte, dass ich kaum noch atmen konnte. Lena, ich will dich so sehr, komm mit mir nach Hause, flüsterte er. Seine Hände waren überall, sie wühlten in meinen Haaren, streichelten die Innenseiten meiner Schenkel, glitten unter mein Shirt und liebkosten meine Brüste. Es kostete all meine Kraft, mich aus seinen Umarmungen zu befreien, und ich wusste, dass ich nicht lange widerstehen würde.

Willst du mir von ihm erzählen?, fragte meine Mutter eines Abends, als mein Vater schon zu Bett gegangen war.
Natürlich wollte ich. Nichts lieber als das. Unter ihrem aufmerksamen, ruhigen Blick entwarf ich sein Bild: Schön war er, intelligent, erfolgreich und selbstsicher, keines dieser schüchternen Kerlchen mit kieksender Stimme und verschwitzten Händen, sondern ein erwachsener junger Mann mit klaren Zielen, mit internationalen Erfahrungen, mit einem Sportflitzer und einer eigenen Wohnung.
Sire, ich bin der Märchenprinz, zitierte meine Mutter spöttisch. Und wie groß ist der Altersunterschied?
Nicht ganz sechs Jahre.
Findest du nicht, dass das zu viel ist?
Aber wieso denn? Vati ist sogar acht Jahre älter als du.
Stimmt, sagte meine Mutter.

Das Sommerfest des Vereins begann in diesem Jahr mit einem Zeitfahren der Kleinsten am frühen Samstagnachmittag. Danach gab es Geschicklichkeitswettbewerbe der Kanuten und zum Schluss eine Regatta, für die wir auch unseren Doppelvierer mit Steuermann gemeldet hatten. Gegen zwanzig Uhr sollte dann der von Reinie organisierte ‚Florentiner Tanzabend' beginnen, was immer darunter auch zu verstehen war. „Festliche Kleidung wird erbeten", stand auf der Einladung.

Auf keinen Fall Hosen, sagte meine Mutter.

Was denn sonst? Etwa meinen Jeansrock?

Bloß nicht! Eigentlich müsste es etwas Romantisches sein, ein Hut mit breiter Krempe, mit Schleier und Blüten, ein Kleid mit weitem Rock und enger Taille. So etwas, wie …

… wie das Kleid, das wir damals in Straßburg gekauft haben, sagten wir beinahe gleichzeitig.

Ich fand das Kleid in dem großen ledernen Schrankkoffer auf dem Speicher, in dem wir alte Karnevalskostüme aufbewahrten, außerdem einen Frack meines Großvaters mit passendem Zylinderhut, einen schwarzseidenen Taftrock meiner Großmutter und eine Spitzenbluse mit fischbeinverstärktem Stehkragen, einen Fächer mit chinesischer Malerei, mein Taufkleid samt Steckkissen und das Brautkleid meiner Mutter, das sie später dunkelblau einfärben und zu einem – wie sie es nannte – Cocktailkleid hatte umarbeiten lassen.

Das Kleid, das wir vor ein paar Jahren in Straßburg auf einem Trödelmarkt gefunden hatten, stammte aus den Sechzigern. Ich weiß nicht, warum ich es haben muss, sagte meine Mutter damals, es ist die reine Nostalgie, aber ich kann einfach nicht widerstehen. Das zarte cremefarbene Gewebe war über und über mit aufgestickten Blüten bedeckt. Das Kleid war ärmellos und hatte ein eng anliegendes Oberteil mit flachem Ausschnitt. Die Taille lief vorn in eine Spitze aus, und der angesetzte bauschige Rock wurde durch einen Petticoat aus mehreren Lagen Tüll und Organza gestützt.
Natürlich muss es gewaschen und geflickt werden, sagte meine Mutter. Aber versuch erst einmal, ob es dir passt.
Der lange Rückenreißverschluss ließ sich nicht hochziehen. Das macht nichts, lachte meine Mutter. Ich werde dich für den Abend einfach einnähen. Das hat meine Schwester mit mir auch einmal gemacht, als mir kurz vor einem Kostümball eine Seitennaht aufplatzte.
Ich betrachtete mich im großen Dielenspiegel. Meine Mutter hatte mit ein paar Stecknadeln den Stoff im Rücken zusammengeheftet. Das Kleid war zerdrückt und staubig, der Rock zerknittert und an zwei Stellen leicht eingerissen. Und trotzdem sah ich sofort, dass es richtig war. Richtig für diesen Abend.
Wie gefällt es dir, fragte ich.
Ich weiß nicht, sagte meine Mutter und lächelte mir unsicher im Spiegel zu. Findest du nicht, dass es beinahe wie ein Brautkleid aussieht?
Als ich mich am Samstagabend von ihr verabschiedete, begleitete sie mich noch bis zur Haustür. Lenakind, sagte sie und drückte mich fest an sich, lass dir Zeit, hörst du? Du bist

noch so jung. Lass dich nicht drängen. Tu nichts, was du nicht wirklich willst.

Wie an unserem ersten Abend stand der grüne Flitzer vor der Einfahrt zu unserer Garage. Fabian stieg aus. Wie gut er aussah. Groß und schlank, mit geraden Schultern und langen Beinen. Und wie fremd er aussah in dem nachtblauen Anzug mit weißem Hemd und einer Weste aus dunkel geblümtem Brokat. Bisher hatte ich ihn nur in Pulli und Jeans oder in Sportkleidung gesehen. Er sah mich an und kam mir ganz langsam entgegen. Unmittelbar vor mir blieb er stehen. Wir berührten uns nicht, aber sein Gesicht war meinem so nah, dass sich unser Atem vermischte und ich nichts anderes mehr sah als das Leuchten in seinen seltsamen, wilden Augen.

Lena, sagte er heiser, wir gehen nicht zu diesem Fest. Du kommst mit mir. Jetzt! Sofort!

Ich trat einen Schritt zurück. Was erzählst du da, sagte ich und versuchte ein Lachen, um meine Stimme unter Kontrolle zu bringen. Natürlich gehen wir zum Clubfest. Was glaubst du, warum ich mich so aufgebrezelt habe?

Weil du mir gefallen willst, sagte Fabian, mir allein. Sag es, Lena! Sag mir, dass du dieses Kleid nur für mich trägst, oder ich weiß nicht, was ich tue!

Er hatte meine Schultern umklammert und seine Fingernägel gruben sich in die nackte Haut meiner Oberarme.

Lass mich sofort los!, sagte ich mit scharfer Stimme. Du tust mir weh!

Entschuldige, Lena. Er zog meine Hände an seine Lippen und küsste sie. Ich bin so verrückt nach dir, dass ich mich

vergessen habe. Komm, steig ein. Er öffnete den Wagenschlag und hielt mir die Tür auf. Steig ein, Lena. Ich fahre dich, wohin du willst, bis ans Ende der Welt.
Fürs Erste genügt mir der Ruder- und Kajakclub Moselland e.V., sagte ich. Meine Stimme zitterte noch immer.

An diesem Abend hatte sich Reinie selbst übertroffen.
Am Eingang zum Club begrüßten uns zwei kleine Mädchen aus der Kajak-Abteilung. Die größere der beiden steckte Fabian eine Rose ins oberste Knopfloch seiner Weste. Die kleinere hieß Paula. Ich kannte sie, weil ihre Schwester in meiner Klasse war. Paula stellte sich auf die Zehenspitzen und versuchte vergeblich, mit Hilfe einer winzigen Sicherheitsnadel eine Blume an meinem Kleid zu befestigen.
Lass mich dir helfen, sagte Fabian, nahm ihr die Blüte ab und steckte sie in meine Haare.
Am Zaun, der das Gelände des Vereins umgab, und in den Platanen vor dem Clubhaus schaukelten Lampions. Unter den Bäumen, beleuchtet von Windlichtern und geschützt durch weiße Zeltplanen, waren ein italienisches Büfett, ein mit Efeu bekränztes Weinfass und eine Sektbar aufgebaut. Die Flügeltüren zum Saal standen weit offen. Die weiß gedeckten Tische, das Podium für die Kapelle und die Fensterbänke waren mit Rosen in der gleichen Lachsfarbe geschmückt wie die, die wir zur Begrüßung bekommen hatten. Die Saaldecke und die darin eingelassenen Lampen verschwanden unter üppig gebauschten weißen Stoffbahnen. Im leichten Wind, der durch die offenen Türen hereinwehte, bildete sich auf Wänden und Fußboden ein bewegliches Muster von Licht und Schatten.

An diesem Abend tanzte ich nur mit Fabian, ich sprach nur mit Fabian, sah nur ihn, fühlte nur ihn. Es war, als ob er einen Kreis um uns gezogen hätte. Zu Beginn winkte Martina uns zu und zeigte auf zwei leere Stühle neben sich. Aber Fabian hatte schon einen kleinen Zweiertisch neben der Tanzfläche gewählt und schob mir den Stuhl zurecht. Als später Thomas und Lilian auf uns zukamen, stand er auf und zog mich mit zur Sektbar. Es gab keinen Augenblick an diesem Abend, in dem er mich nicht berührt hätte. Wenn wir am Tisch saßen, lag sein Arm auf meiner Schulter. Sobald die Musik einsetzte, führte er mich auf die Tanzfläche. In den Tanzpausen hielt er meine Hand. Er füllte beim Büfett einen Teller für uns beide und fütterte mich mit Vitello Tonnato, Frutti di Mare, Tomaten mit Mozzarella und Mascarpone-Creme. Wir tranken abwechselnd Wein und Sekt aus dem gleichen Glas. Als Reinhard als amtierender Vorstandsvorsitzender auf die Bühne humpelte und einen kurzen Überblick über das vergangene Jahr gab und die erfolgreichsten Teilnehmer der Wettbewerbe prämiierte, stand Fabian hinter mir. Seine Arme umschlangen meine Hüften. Er presste sein Becken gegen mich, und ich spürte ihn.
Eng umschlungen und wortlos verließen wir das Fest. Stumm stiegen wir ins Auto. Stumm kam ich in seine Wohnung, in sein Schlafzimmer, in sein Bett.
Ich weiß nicht genau, was ich erwartet hatte. Natürlich kannte ich alle biologischen Fakten aus dem Sexualkundeunterricht und ihre moralische Bewertung aus dem Religionsunterricht. Als ich zwölf oder dreizehn war, las ich einige Monate lang mit heißen Ohren die wöchentlichen Ratschläge von Dr. Sommer, um sie dann rasch und gründ-

lich wieder zu vergessen. Denn das war kein Stoff für meine Fantasie. All die peinlichen, unvorstellbaren Details taugten nicht als Traumfutter. Die richtigen Bilder für meine Tagträume bezog ich aus Liebesromanen und Kinofilmen. Schöne Menschen in schöner Umgebung, Herzklopfen, Küsse und Liebesschwüre, und im entscheidenden Moment löste sich alles auf in Verzückung und Geigenmusik.

So war ich nicht vorbereitet auf den ungleichen Kampf, auf das keuchende Kräftemessen, bei dem ich viel zu rasch unterlag, nicht auf diesen fremden Mann und nicht auf den scharfen Schmerz, den er mir zufügte.

Danach lag mein Kleid zerrissen auf dem Fußboden. Ich blutete, und ich weinte. Es floss aus mir heraus. Ich konnte nichts dagegen tun.

War es das erste Mal für dich?, fragte Fabian, als sich sein Atem wieder beruhigt hatte.

Ich nickte. Und immer noch liefen die Tränen über mein Gesicht. Wie ein Kind wischte ich sie mit beiden Händen ab.

Verdammt, sagte er, und schaute mich unglücklich an. Verdammt noch mal, Lena, das tut mir leid. Warum hast du mir nichts gesagt?

Weil du mich nicht gefragt hast, schluchzte ich. Weil wir nicht miteinander sprechen. Nie. Nicht über die wirklich wichtigen Dinge.

Er nahm mich in seine Arme, streichelte mein nasses Gesicht und wiegte mich sanft hin und her.

Alles wird gut, flüsterte er. Verzeih mir, Kleines, ich konnte ja nicht wissen …

Aber auch jetzt sagte er sie nicht, die drei Worte, auf die ich schon so lange wartete und die jetzt endlich ausgesprochen

werden mussten, weil nur sie alles erklären und richtig machen konnten.
Ich will dich. Ich brauche dich. Ich bin verrückt nach dir. Das und vieles andere hatte er mir gesagt im Schatten der Kastanienbäume und beim Tanz unter den Lampions.
Aber das war nicht genug. Nicht für mich.

Als ich aufwachte, stand die Sonne hoch am Himmel und ich begriff, dass es keine Ausrede gab, die meine Eltern mir abnehmen würden. Ich lieh mir von Fabian eine Jeans und ein Shirt aus. Die Hose zurrte ich in der Taille mit einem Gürtel fest, die Beine krempelte ich hoch. Zusammen mit dem viel zu weiten und langen Shirt sah ich aus wie ein kleines Mädchen, das sich mit den Sachen seines großen Bruders verkleidet hat. Am Hals und auf der linken Schulter hatte ich zwei rot-blaue Flecken. Fabians Spuren. Ich zog den Ausschnitt des Shirts ein wenig höher, aber den Fleck an meinem Hals konnte ich damit nicht verdecken.
Mein zerrissenes Ballkleid stopfte ich in eine Plastiktüte.

Fabian holte das Auto. Ich wartete vor dem Haus auf ihn. Eigentlich wäre ich lieber zu Fuß gegangen. Ich brauchte Zeit. Ich musste Ordnung in meine Gedanken und Gefühle bringen. Ich musste darüber nachdenken, was ich meinen Eltern sagen sollte. Aber Fabian ließ sich nicht beirren. Der Weg ist weiter, als du denkst, Kleines. Wenn du willst, kann ich auch mitkommen und mit deinen Eltern sprechen.
Ich schüttelte heftig den Kopf. Was jetzt nötig ist, werde ich alleine tun, sagte ich. Und noch eines: Ich heiße Lena. Sag bitte nicht Kleines zu mir.

Das Haus, in dem Fabian wohnte, war riesig. In der Nacht hatte ich es nicht wahrgenommen. Es bestand aus zwei ungleichen Gebäudeteilen. Der ältere, größere Teil war rostrot verklinkert, hatte ein tief heruntergezogenes, mit grauem Schiefer gedecktes Walmdach, hohe Sprossenfenster mit Rundbögen und dunkelgrün gestrichene Schlagläden. Der zweite Teil, in dem sich Fabians Wohnung befand, war offensichtlich später angebaut. Die Farbe der Klinker stimmte nicht ganz überein, das Dach neigte sich flacher und die großen glatten Fenster hatten statt der Holzläden Jalousien, die jetzt halb hochgezogen waren.

Fabian fuhr das Auto aus der Garage. Er schloss mit der Fernbedienung das Garagentor und hielt mir die Beifahrertür auf. In diesem Augenblick kam sie den Gartenweg entlang. Sie hatte eine grüne Schürze umgebunden und hielt eine Rosenschere und ein Knäuel Bastfäden in der Hand.
Die Frau Mutter, flüsterte Fabian mir zu. Ich habe mich schon gewundert, wo sie blieb. Sie verpasst niemals die Gelegenheit, eine neue Freundin zu begutachten.
Was für ein glücklicher Zufall, rief er und ging zu ihr hinüber. Sie umarmte ihn und küsste ihn auf beide Wangen.
Darf ich die Damen bekannt machen? Mutter, das ist Lena Baltes. Lena, das ist meine Mutter.
Guten Morgen, Frau Mensing, sagte ich.
Guten Morgen, Fräulein Baltes. Sie wischte ihre makellos saubere Hand an der grünen Schürze ab und streckte sie mir entgegen. Oder darf ich noch Lena sagen? Sie sehen so schrecklich jung aus in Fabians Sachen.
Ich spürte, wie ihr Blick jedes Detail meines unmöglichen

Aufzugs registrierte. Bestimmt hatte sie auch schon den Knutschfleck an meinem Hals entdeckt. Sie lächelte, aber das Lächeln war nur um ihren Mund. Ihre Augen, Fabians Augen, schmal und mit dem gleichen dunklen Ring um die Iris, lächelten nicht mit.
Fabian legte einen Arm um meine Schulter. Ich fahre Fräulein Baltes nach Hause, sagte er. In einer knappen halben Stunde bin ich zurück. Ich hoffe, dass du noch einen Kaffee für mich übrig hast.
Natürlich, mein Junge, sagte Fabians Mutter. Wie an jedem Sonntagmorgen. Ich habe schon auf dich gewartet.

Wir fuhren mit offenem Verdeck. Der scharfe Fahrtwind riss an meinen Haaren und trieb mir Tränen in die Augen. Aber vielleicht war es gar nicht der Fahrtwind.
Deine Mutter kann mich nicht ausstehen, sagte ich wütend, und ich sie auch nicht.
Fabian lachte. Mach dir darüber keine Sorgen, du bist in guter Gesellschaft. Bis auf eine mochte sie bisher noch keine meiner Freundinnen.
Da bin ich aber erleichtert, schnappte ich zurück. Die wievielte bin ich übrigens in der Reihe? Kenne ich eine meiner Vorgängerinnen? Oder bevorzugst du vielleicht sogar Doppelbesetzungen? Und wie ist das übliche Verfallsdatum?
Fabian schwieg. Hatte er mich nicht verstanden? Aus den Augenwinkeln sah ich, wie seine Zähne mahlten. Die Kiefermuskeln unter der Haut seiner Wangen spannten sich und die Sehnen an seinem Hals zuckten.
Erst als er den Wagen vor unserem Haus gestoppt und den Motor abgestellt hatte, wandte er sich zu mir.

Lena, sagte er, ich weiß nicht, was du erwartet hast. Ich bin keine sechzehn. Natürlich bist du nicht die Erste, aber solange wir zusammen sind, wirst du die Einzige sein. Hast du die magischen drei Worte vermisst? Ich kann dir keine ewige Liebe schwören. Niemand, der ehrlich ist, kann das tun. Sieh dich doch um. Mein Bruder und ich machten schon Pläne für die Feier der silbernen Hochzeit, da trennten sich meine Eltern und es gab nichts mehr zu feiern. Es gibt keine Sicherheit. Für keinen von uns. Ich will versuchen, dich nicht zu belügen, Lena. Das ist aber auch das einzige, was ich dir versprechen kann. Denk in Ruhe darüber nach und dann sag mir, ob das genug ist für dich.

Wie dunkel es auf einmal ist. Ich kann kaum noch etwas erkennen. Wo war der Lichtschalter? Irgendwo hier am Nachttisch muss er sein. Ja, da ist er. Der obere Knopf. An der Decke flammen zwei Neonröhren auf. Was für ein schreckliches Licht. Man sollte den Architekten erschlagen. Oder ihn hier einliefern. Ich muss zur Toilette. Der Steinboden unter meinen Füßen ist eiskalt. Wo sind bloß meine Schuhe? Dieses Hemd ist lächerlich kurz und lässt sich hinten nicht verschließen. Was denken die sich? In diesem Aufzug kann ich doch nicht über den Flur laufen. Ich brauche ein richtiges Nachthemd. Oder meine Jeans. Es hilft nichts, ich muss den Knopf für die Krankenschwester drücken.

Guten Abend. Ich bin Nachtschwester Hedwig. Was kann ich für Sie tun?
Ich brauche ein Nachthemd, sage ich. Und meine Schuhe brauche ich auch. Ich muss zur Toilette.
Ach du liebe Zeit, haben die Ihnen bloß so ein Sterntalerhemdchen gegeben? Die Schwester lacht. Sie ist nicht mehr jung. Um ihre Augen und um den Mund ziehen sich viele feine Falten. Warten Sie, sagt sie, ich sehe nach, ob ich etwas Besseres finde.
Sie kommt mit einem sauber gefalteten dunkelblauen Schlafanzug zurück.
Irgendjemand lässt immer etwas liegen, sagt sie. Der hier ist

gar nicht mal so schlecht. Mit einem Monogramm auf der Brusttasche und aus richtig teurer Baumwolle. Das fühlt man doch gleich. Hoffentlich passt er Ihnen. Die Toilette ist auf der rechten Seite, die vorletzte Tür auf dem Gang.
Und meine Schuhe?, frage ich.
Richtig. Ich werde nachsehen.
Warum bringen Sie mir nicht einfach alle meine Sachen?
Es tut mir leid, sagt die Schwester und lächelt verlegen. Das darf ich nicht. Erst wenn Sie morgen mit dem Arzt gesprochen haben, wird er entscheiden, ob Sie noch gefährdet sind oder ob Sie Ihre persönlichen Dinge zurückbekommen können.
Gefährdet? Was heißt denn gefährdet?
Selbstmordgefährdet, sagt die Nachtschwester. Sie haben doch versucht, sich das Leben zu nehmen. Oder nicht?

Es hat keinen Zweck, es ihr zu erklären oder gar mit ihr zu streiten. Sie ist freundlich, und sie muss sich an ihre Vorschriften halten. Selbstmordgefährdet. Natürlich. So muss es ausgesehen haben. Beruhigungstabletten und Alkohol. Ich habe die Wirkung dieser Pillen unterschätzt. Meine Mutter nimmt sie seit vielen Jahren. Wenn ich darüber nachdenke: täglich. Warum eigentlich? Und wieso fällt mir das jetzt erst auf? Sie hat angebrochene Schachteln davon im Regal über ihrem Bett, im Schubfach des Küchentischs und in allen ihren Handtaschen. Ich dachte, sie wären harmlos. Den Bourbon habe ich aus Fabians Barschrank mitgenommen. Nostalgische Erinnerungen. Ich wollte zur Ruhe kommen. Endlich einschlafen und erst aufwachen, wenn ich über alle Berge war. Jenseits der Alpen. In Italien.

Der Klinikflur ist nur schwach beleuchtet.
Aus dem Raum neben dem Schwesternzimmer dringt ein langgezogenes Wimmern. Ohne Modulation. In immer gleicher Lautstärke. Ein endloses Jammern. Wie das Jaulen des Winds in einem Aufzugsschacht.
Die Tür des nächsten Krankenzimmers steht einen Spalt weit offen. Die alte Frau in dem vergitterten Bett klammert sich mit beiden Händen an die Eisenstäbe. Lasst mich raus, ruft sie. Ich will raus hier. Mama, wo bist du? Ich habe Angst. Wo bist du, Mama?

Der Weg zur Toilette ist endlos. Mir ist schwindlig. Ich muss mich festhalten. Wie gut, dass es ein Holzgeländer an beiden Seiten des Flurs gibt. Wo bin ich hier bloß gelandet? Das ist ja die reinste Klapsmühle. Was soll ich hier? Denken die, dass es ein Zeichen von Schwachsinn ist, wenn jemand sich das Leben nehmen will? Ich muss hier raus. Unbedingt. Sie können mich nicht gegen meinen Willen festhalten. Gleich morgen früh werde ich von hier verschwinden. Sobald ich meine Klamotten zurück habe. Was heißt hier Gespräch mit dem Arzt? Das ist garantiert irgend so ein Psycho-Fritze. Aber ich will mit niemandem sprechen. Über nichts.
Wenn mir bloß nicht immer noch so übel wäre.

Kann ich Ihnen helfen?, fragt die Nachtschwester. Ich habe sie gar nicht kommen hören.
Es geht schon wieder, sage ich. Ich fühle mich nur noch etwas schwach. Was ist das hier eigentlich für eine Station?
Das ist die Psychiatrie, sagt Schwester Hedwig, wussten Sie das nicht?

Aber ich bin doch nicht verrückt.
Aber nein, natürlich nicht, sagt sie und ihre Stimme wird sanft und singend. Jetzt schlafen Sie erst einmal und morgen sieht die Welt schon ganz anders aus. Sie werden sehen, es wird alles wieder gut.
Jetzt hat sie ihn gefunden, den perfekten professionellen Beruhigungston.
Ich kann aber nicht schlafen, sage ich. Könnten Sie mir vielleicht eine Tablette geben?
Sie schüttelt den Kopf. Besser nicht, sagt sie. Oder soll ich den Bereitschaftsarzt fragen?
Nein. Ist schon gut. Die paar Stunden bis zum Morgen werde ich auch noch überstehen.

Wie spät mag es sein? Sogar meine Uhr haben sie weggeschlossen. Welche Art von Selbstmord könnte ich mit einer Armbanduhr begehen? Der Himmel zwischen den Lamellen der Jalousie ist noch finster. Nur wenn ein Auto vorüber fährt, zeichnen die Scheinwerfer einen Zebrastreifen auf die weiße Wand und den Fußboden. Wenn bloß dieses verdammte Wimmern endlich aufhörte. Ist es lauter als vorher? Oder sind meine Ohren empfindlicher geworden? Ich brauche eine Schlaftablette. Warum habe ich nicht darauf bestanden? Weil ich keine Lust hatte, mit dem Arzt zu sprechen. Und weil ich nie auf etwas bestehe. Wird schon werden. Das denke ich immer. Das habe ich auch damals gedacht.

Wir sprachen nicht mehr darüber. Ich setzte auf die Zeit. Irgendwann würde er sie sagen, die drei magischen Worte. Irgendwann, wenn wir uns länger kannten, wenn ich ihm unentbehrlich geworden war, wenn er sich nicht mehr vorstellen konnte, ohne mich zu sein. Irgendwann an einem der lodernden Herbsttage oder nach einem Winterspaziergang, wenn bei Kerzenlicht und Punsch die Wärme prickelnd in uns zurückkehrte. Irgendwann. Vielleicht als sein Weihnachtsgeschenk an mich.

Einmal sprach ich mit Martina darüber.
Wahrscheinlich hat er Angst vor großen Gefühlen, sagte sie. Das ist typisch für Männer. Ich kenne das von meinem Bruder. Immer schön cool und unverbindlich bleiben. Sie hassen Festlegungen jeder Art. Und sie hassen Beziehungsgespräche. Irgendwo habe ich gelesen: Wir können uns keine Männer nach unseren Wünschen konstruieren, sondern wir müssen mit dem vorhandenen Material arbeiten. Mach das. Nimm die Fakten und genieße sie. An deiner Stelle würde ich Fabian zu nichts drängen. Er könnte sich sonst in die Enge getrieben fühlen.
Martina lieh mir ein Buch aus. Gedichte von Brigitte Schwaiger, sagte sie. Ich habe sie vor Monaten zufällig gefunden. Lies das Gedicht auf Seite 16, das trifft es genau.

Jemanden lieben, sagte der

Jemanden lieben, sagte der,
dem ich gesagt hatte: ich liebe dich,
jemanden lieben, sagte er,
bedeutet doch, ihm das Leben erleichtern zu wollen.
Und nicht erschweren
mit Geständnissen wie: ich liebe dich.
Ich sagte ihm nicht mehr, dass ich ihn liebte,
und erleichterte ihm sein Leben.
Er fing an, mir meins zu erschweren.
Als ich gegangen war, lief er mir nach und rief:
Ich liebe dich!

Hat Fabian mein Leben erschwert? Damals wohl noch nicht. Habe ich seines erleichtert? Ich weiß es nicht.

Ich habe keine Lust mehr, dich jetzt noch nach Hause zu fahren, murmelte er eines Abends schläfrig und zog das zerknüllte Laken und die heruntergerutschten Decken hoch. Warum bleibst du nicht öfter über Nacht, Lena? Morgen ist Sonntag. Wir könnten einen kleinen Ausflug nach Luxemburg machen. Ich kenne da ein Lokal mit französischer Küche und einer Terrasse mit einem schönen Blick über die Stadt. Fang jetzt bitte nicht wieder mit deinen Eltern an. Was können sie schon tun? Wenn sie zu viele Schwierigkeiten machen, ziehst du eben ganz zu mir.
Ich blieb. Fabian rollte sich zufrieden auf die Seite, stopfte die Decke rings um sich fest und schlief ein.
Am Morgen wachte ich als erste auf. Ich duschte und zog mich an. Beim Bäcker besorgte ich Brötchen und Croissants,

beim Tankstellen-Shop Kaffee, Orangensaft, Butter, Eier und Konfitüre. Als ich zurückkam, schlief Fabian noch immer. Ich räumte Bücher und Papiere zur Seite und deckte den Frühstückstisch für uns beide auf der langen Glasplatte, die Fabian abwechselnd als Arbeits-, Ess- und Schreibtisch benutzte. Sobald der Kaffee durchgelaufen war, goss ich einen Steingutbecher voll und ging damit ins Schlafzimmer. Ich stellte den Becher auf den Nachttisch und küsste Fabian leicht auf die Nase. Aufwachen, du Penner, sagte ich und zerwuschelte seine Haare mit beiden Händen, Frühstück ist gleich fertig. Magst du Eier weich oder hart gekocht oder lieber gebraten?
In diesem Augenblick klingelte das Telefon.
Fabian rappelte sich hoch. Ich hörte eine Frauenstimme am anderen Ende der Leitung. Fabian lächelte mir zu und griff nach dem Kaffeebecher.
Nein, Mutter. Ich komme heute nicht zum Frühstück. Ich bin schon bestens versorgt.
Nein, zum Mittagessen auch nicht.
Nun mach kein Drama daraus. Frier die Sachen doch einfach ein.
Ja, Mutter, du kennst sie.
Ja. Richtig. Die Kleine, die meine Klamotten anhatte.
Mutter! Ich bitte dich! Keine Grundsatzdiskussion am Telefon und auf nüchternen Magen! Vielleicht komme ich am Abend noch mal kurz vorbei. Weiß ich aber noch nicht. Tschüs, Mutter. Und mach dir einen schönen Sonntag!

Mein Auszug von zu Hause verlief in Etappen, kaum merklich. Dachte ich jedenfalls.

Es war wie ein Pingpong-Spiel: Je mehr Ärger ich mit meinem Vater hatte, desto mehr Zeit verbrachte ich mit Fabian. Je länger ich bei Fabian blieb, desto größer wurde der Ärger mit meinem Vater. Bei jedem meiner Besuche „vergaß“ ich etwas in Fabians Wohnung. Meine Zahnbürste, Kleidung zum Wechseln, Wäsche, Kosmetikartikel, die Sportsachen fürs Rudern, Schulhefte, Bücher. Fabian hatte mir einen Haustürschlüssel gegeben. Meistens ging ich gleich nach der Schule in seine Wohnung, machte meine Hausaufgaben oder versuchte es wenigstens, räumte auf, kaufte ein, kochte etwas zum Abendessen für uns beide und wartete auf ihn. Wenn du Geld für Lebensmittel oder sonst etwas brauchst, dann nimm es aus der Schatulle, hatte Fabian schon bei unserem ersten gemeinsamen Frühstück gesagt und mir eine flache, mit dunkelgrünem Leder bezogene Schachtel gezeigt, die in seinem Bücherregal stand.

Eigentlich wartete ich nur noch auf den richtigen Anlass zum endgültigen Bruch. Mein Vater würde ihn mir liefern. Soviel stand fest. Du bist nicht fair, sagte meine Mutter. Dein Vater und ich haben in diesem Spiel die schlechteren Karten.

Sie hatte Recht. Das wussten wir alle. Und deshalb waren wir vorsichtig. Wir schlichen auf Zehenspitzen umeinander herum. Bis zu dem Tag, an dem ich meinen Eltern sagte, dass ich die Klasse 12 wiederholen müsse. Meine Noten waren so katastrophal, dass ich die Zulassung zum Abitur nicht schaffen würde.

Mein Vater explodierte augenblicklich.

Wie stellst du dir das vor?, schrie er. Medizin studieren

wollen und dann nicht einmal die Zulassung zum Abitur schaffen! Das kommt alles davon, dass du nichts anderes mehr im Kopf hast als diesen Fabian. Wenn man die halbe Nacht mit seinem Liebhaber durch die Kneipen zieht, dann bleibt eben keine Zeit mehr zum Lernen. Aber wenn du denkst, dass ich deine Ausbildung bis zum Sankt Nimmerleins-Tag finanziere, dann irrst du dich. Wenn du nichts mehr für die Schule tust, dann geh ab und such dir gefälligst eine Arbeitsstelle! Oder lass dich von diesem Fabian bezahlen. Für den spielst du doch schon seit Monaten die kostenlose Haushälterin.

So wie Mutti für dich, sagte ich. Du hast alle Zeit der Welt und machst keinen einzigen Handschlag mehr im Haus. Wo siehst du den Unterschied?

Georg! Nicht!, schrie meine Mutter. Sie klammerte sich an seinen Arm und versuchte, ihn zurückzuhalten.

Aber es war schon zu spät. Seine Faust traf mich mitten ins Gesicht. Mein Kopf prallte gegen den Türrahmen. Ich spürte Blut in meinem Mund.

Und trotzdem war ich die Siegerin in diesem Streit. Ich sah es in den Augen meines Vaters.

Das war das letzte Mal, sagte ich mit zusammengebissenen Zähnen. Wenn du mich noch einmal anrührst, zeige ich dich an. Ich bleibe keine Minute länger in diesem Haus. Ich packe jetzt meine Sachen.

Da ist ja nicht mehr viel zu packen, schluchzte meine Mutter und suchte verzweifelt nach einem Taschentuch. Ich gab ihr meines.

Es war doch noch mehr, als ich gedacht hatte. Ich warf

Kleider, Schuhe, Bücher, Kassetten und CDs in einen großen Koffer, nahm meine Bilder und Lieblingsposter von der Wand und verstaute sie zusammen mit dem Inhalt von Schubladen und Regalen in zwei Reisetaschen. Wo wollte ich eigentlich all diese Dinge in Fabians Wohnung unterbringen? Ich stellte mir seine sachlich und bewusst sparsam eingerichteten Räume vor und nahm die Bilder und Poster wieder aus der Tasche. Ich sah mir die Titel der Musikkassetten an. Fabian liebte Klassik und Jazz. Ich ließ die meisten Kassetten zurück. Nur die neueren CDs mit jüdischer Klezmer-Musik von Giora Feidman und den mondsüchtig kreisenden Traumstücken von Arvo Pärt nahm ich mit.

Der Koffer und die beiden Taschen waren bleischwer. Ich bestellte mir ein Taxi. Als ich die Treppe herunter kam, warteten meine Eltern in der Diele.

Gib mir den Schlüssel, sagte mein Vater und streckte die Hand aus, das hier ist nicht länger dein zu Hause. Wenn du ab jetzt hierher kommst, dann als Gast. Und melde dich vorher an, damit ich dir nicht begegnen muss.

Ich warf ihm den Schlüssel vor die Füße und umarmte meine Mutter. Sie weinte noch immer. Es klingelte. Das Taxi war da.

An diesem Abend kam Fabian erst spät nach Hause. Es war beinahe halb zwölf, als ich endlich sein Auto vorfahren hörte. Der Tisch für das Abendbrot war gedeckt. Die Pizza musste noch aufgebacken werden, der Salat war längst zusammengefallen. Ich hatte meinen Koffer und die Taschen nicht ausgepackt. Sie standen noch mitten im Flur. Fabian musste sie gleich beim Hereinkommen sehen. Ich ging ihm nicht entgegen. Ich wartete. Er öffnete die Türe. Willkommen in meiner bescheidenen Hütte, sagte er lächelnd, und ich stürzte mich in seine ausgebreiteten Arme und vergrub mein Gesicht an seiner Schulter. Ist ja gut, Lena, sagte er, warum zitterst du so?

Ich weiß nicht, ob und wann Fabian mit seiner Mutter über meinen endgültigen Einzug gesprochen hat. Sie wusste auch so Bescheid. Ich hatte von Anfang an das deutliche Gefühl, dass sie jeden meiner Schritte beobachtete und missbilligte. Ich war zu jung, und ich hatte nicht den richtigen gesellschaftlichen Hintergrund. Vor allem aber hatte ich ihren Lieblingssohn gestohlen. Er kam nicht mehr zum traditionellen Frühstück und zum Mittagessen am Sonntag. Obwohl wir beinahe Tür an Tür wohnten, begegneten wir uns in den ersten Wochen nicht ein einziges Mal. Vermutlich sorgte sie dafür.
Kümmere dich nicht darum, sagte Fabian, meine Mutter trauert wahrscheinlich immer noch um Claudia. Sie hält sie für die einzig Richtige. Dass ich mich von ihr getrennt habe, kann sie einfach nicht akzeptieren. Claudia ist die Tochter ihrer besten und einzigen Freundin. Die beiden Mütter hatten uns schon so gut wie verkuppelt, als wir endlich merkten, dass wir nichts, aber auch gar nichts miteinander anfangen konnten. Ich habe mich nie in meinem Leben so gelangweilt wie in der Zeit mit Claudia. Und wahrscheinlich ist es ihr mit mir genau so gegangen.
Martina sagt, sie ist der Typ Barbie-Puppe.
Das trifft es genau, sagte Fabian, perfekt von Kopf bis Fuß.

Aber alles so glatt, so ohne Geruch und Geschmack. Wie aus Plastik. Sie war nie strubbelig, ihr Make-up war nie verschmiert, sie schwitzte nicht, ich glaube, sie musste nicht einmal zur Toilette. Jedenfalls erinnere ich mich nicht daran.
Und was macht sie jetzt?
Keine Ahnung. Ich hoffe für sie, dass sie inzwischen den passenden Ken gefunden hat.
Und wer außer Claudia hat sonst noch hier gewohnt?
Fabian runzelte die Stirne. Sag mal, Lena, soll das jetzt eine Lebensbeichte werden? Als du hier eingezogen bist, dachte ich, dass du meine Bedingungen akzeptiert hast. Wenn sich daran etwas ändert, musst du es mir sagen.
Nein, nein, alles in Ordnung, sagte ich.

Zum ersten Advent kaufte ich auf dem Wochenmarkt einen Kranz aus Blaufichten- und Kiefernzweigen. Ich schlang noch eine lange Efeuranke darum und besteckte ihn mit vergoldeten Mistelzweigen und vier schlanken weißen Kerzen.
Gefällt es dir, fragte ich Fabian, als ich ihn am Sonntagmorgen auf den Frühstückstisch stellte und die erste Kerze anzündete.
Hm, machte er und hob die Schultern. Im Grunde halte ich nichts von diesem ganzen Hokuspokus. Übrigens bin ich heute Mittag bei meiner Mutter eingeladen. Mein Bruder und mein Vater kommen auch. Das ist so eine Art Gewohnheitsrecht seit der Trennung. Alle paar Monate findet ein Familientreff statt, bei dem wichtige Fragen besprochen werden. Mein Bruder wird demnächst die Schule und das Internat beenden. Er hat sich beim Pariser Konservatorium beworben, und sie haben ihn angenommen. Außerdem will er

versuchen, ob ihn irgend so eine Cello-Koryphäe als Meisterschüler akzeptiert. Und dann braucht er noch ein neues Instrument. Das alles wird eine Menge Geld kosten. Darüber muss heute gesprochen werden.
Hättest du mir das nicht etwas früher sagen können? Ich hatte Mühe, mich zu beherrschen. Und was soll ich mit den Sachen machen, die ich fürs Mittagessen eingekauft habe? Wahrscheinlich einfrieren, oder?
Richtig, sagte Fabian.

Als er um kurz vor zwölf die Wohnung verließ und durch den Garten zum Haupthaus hinüberschlenderte, hätte ich ihm am liebsten den Adventskranz hinterhergeworfen.
Ich rief bei Martina an. Jens war am Apparat. Martina ist nicht zu Hause, sagte er. Thomas hat sie zu einem Bummel über den Weihnachtsmarkt eingeladen. Vielleicht bahnt sich zwischen den beiden etwas an. Glöckchen, Kerzen, Weihnachtsmusik und Glühwein, wenn das nicht die richtige Mischung ist, dann weiß ich es nicht. Was meinst du dazu?
Keine Ahnung, sagte ich.
Zum ersten Mal seit meinem Auszug von zu Hause wählte ich die Nummer meiner Eltern.
Baltes, sagte die Stimme meines Vaters, und ich legte auf.

Fabian kam erst spät zurück. Als ich seine Schritte in der Diele hörte, knipste ich die Nachttischlampe aus und stellte mich schlafend. Ich hatte keine Lust, mit ihm zu reden.
Hey Lena, sagte Fabian und schaltete das Deckenlicht ein. Wach auf, kleine Schlafmütze. Ich habe dir etwas mitgebracht. Eine große Portion Mousse au Chocolat, eine

Spezialität meiner Mutter. Die musst du unbedingt probieren. Ich habe sie extra für dich aus der Küche stibitzt.
Ich werde niemals seinen fassungslosen Gesichtsausdruck vergessen, als ich die Glasschale mit voller Kraft gegen die Wand warf, als die Schokoladencreme die weiße Raufasertapete herunterlief und auf dem Teppichboden eine braune Pfütze bildete.
Weiber!, murmelte Fabian. Er zog sich aus, warf seine Sachen über den Sessel und kroch ins Bett. Nach wenigen Augenblicken war er eingeschlafen. Sein Atem roch nach Alkohol. Ich drehte mich zur anderen Seite. Schließlich stand ich auf, holte Spülmittel, eine Schüssel mit warmem Wasser und eine Rolle Küchenkrepp und kratzte die Reste des hochgelobten mütterlichen Desserts von Wand und Fußboden. Am nächsten Morgen sprachen wir nicht mehr darüber.

An diesem Tag rief ich nach der Schule in der Praxis von Dr. Freytag an und verabredete mich mit meiner Mutter im Café am Salzmarkt. Es war das erste Mal seit meinem Auszug von zu Hause, dass wir uns trafen. Als ich sie hereinkommen sah, erschrak ich. Hatte sie immer schon diese scharfen Falten um den Mund gehabt, die von den Nasenflügeln bis zum Kinn hinunterreichten? War sie immer schon so klein gewesen, so nach vorne gebeugt? Sie war schlecht frisiert. Ich hatte sie nicht so grau in Erinnerung. Als sie mich sah, hellte sich ihr Gesicht auf. Sie kam rasch auf mich zu und umarmte mich.
Lenakind, sagte sie, und ihre Stimme schwankte.
Ich gab die Bestellung für uns beide auf. Sie saß einfach nur da und schaute mich an.

Wie geht es dir, Mutter?
Sie schüttelte den Kopf. Darauf kommt es nicht an, sagte sie. Erzähl mir von dir. Ist es wirklich der Märchenprinz, der Traum von der großen Liebe, oder bist du schon aufgewacht?
Die Serviererin kam, und ich musste ihre Frage nicht beantworten. Danach lenkte ich das Gespräch in eine andere Richtung. Ich erzählte ihr von der Schule, von den Noten meiner letzten Klausuren. Fabian achtet darauf, dass ich diese Klasse nicht wieder verbummle, sagte ich. Er ist sehr streng mit mir und lässt sich jeden Abend meine Hausaufgaben zeigen.
Meine Mutter lächelte: Kommt dir das nicht bekannt vor?
Was für ein unpassender Vergleich, dachte ich.
Wie geht es ihm denn?, fragte ich nach kurzem Zögern.
Schlecht. So wie ganz am Anfang, als er die Kündigung bekommen hatte. Er kümmert sich um gar nichts mehr, und er schläft zu viel. Manchmal steht er erst gegen Mittag auf, und nach dem Essen legt er sich gleich wieder ins Bett. Ich wundere mich, dass er trotzdem nachts noch schlafen kann. Er vermisst dich.
Er vermisst jemanden, den er schikanieren und kontrollieren kann, sagte ich.
Ich weiß nicht, Lena. Ich weiß nur, dass er nicht so hart ist, wie du meinst. Wenn es aus irgendeinem Grunde einmal nicht mehr geht, Kind, dann komm zurück. Versprich es mir. Bitte!
Ich goss mir Kaffee nach und antwortete nicht.
Noch eines, Lena, sagte meine Mutter. Wir wollen nicht, dass du finanziell von Fabian abhängig bist. Du bist noch in der Ausbildung, und wir sind für deinen Unterhalt verant-

wortlich. Du wirst ein Konto eröffnen und mir die Nummer mitteilen. Dann überweisen wir dir jeden Monat eine feste Summe.
Ist Vater damit einverstanden?
Natürlich. Es ist seine eigene Idee.
Die Serviererin brachte die Rechnung. Es war fast sechs. Sie wollte pünktlich Feierabend machen.
Für mich wird es auch höchste Zeit, sagte ich. Fabian wird in einer Stunde heimkommen, und ich habe noch nichts zum Abendessen besorgt.
Meine Mutter lächelte.
Bevor wir uns trennten, vereinbarten wir noch, uns in diesem Café an jedem zweiten Donnerstag im Monat zu treffen.

Von Anfang an hatte ich versucht, mir ein Bild von Fabians Familie zu machen. Ich musste behutsam vorgehen, Fabian war bei diesem Thema sehr wortkarg. Geduldig sammelte ich seine spärlichen Auskünfte, seine zufälligen Bemerkungen und meine eigenen Beobachtungen, fügte Stück für Stück zusammen, bis sich aus den Puzzleteilen für mich die Umrisse eines Familienfotos formten. Eines Fotos, das fast aufs Haar dem vergilbten bräunlichen Bild meiner Urgroßeltern glich, das meine Mutter zusammen mit den Feldpostkarten ihres Großvaters in einer Schachtel aufbewahrte. Dieses Foto faszinierte mich, seit ich es zum ersten Mal gesehen hatte. Ich verglich es mit unseren wenigen eigenen Familienbildern, und ich sah mir die modernen Paar- und Familienfotografien in den Auslagen eines jeden Fotogeschäfts an. Es wurde zu einer Art Tick. Bilder wurden für mich zu einer

Art Schlüssel, mit dem ich versuchte, mir das innere Gefüge der dargestellten Gruppen vorzustellen. Mir fiel mir auf, dass es feste, durch Jahrzehnte kaum veränderte Gesetzmäßigkeiten gab. Selbst die scheinbar zufällige Momentaufnahme eines Betriebsausflugs, einer Schulklasse oder eines Ruderclubs verrieten mehr über die Beziehungen der Abgebildeten zueinander, als ihnen vielleicht bewusst war.

Das Bild meiner Urgroßeltern war sorgfältig arrangiert. Nichts daran war zufällig. Die Familie, Vater, Mutter und drei Kinder, bildeten eine Art Pyramide. Meine Urgroßmutter saß im Zentrum auf einem niedrigen Sessel. Der Rock ihres Seidenkleids war an der rechten Seite so gerafft, dass er einen ihrer winzigen Füße in einem eleganten Knöpfstiefel frei ließ. Die Füße meiner Urgroßmutter waren ihr ganzer Stolz. Füße wie eine chinesische Prinzessin, hatte mein Urgroßvater laut Familienüberlieferung gesagt, als er seinen Eltern eine erste Beschreibung ihrer künftigen Schwiegertochter gab. Meinen Urgroßvater hatte der Fotograf etwas seitlich hinter seiner Frau aufgebaut. Mit akkurat in der Mitte gescheitelten Haaren und den nach oben gezwirbelten Schnurrbartenden stand er kerzengerade da und blickte entschlossen in die Kamera. Nur wenn man genau hinsah, merkte man, dass er auf einem niedrigen, teppichbedeckten Podest stand. Das war nötig, um den gewünschten Eindruck zu erzeugen, denn mein Urgroßvater war klein von Statur. Aber ohne Frage musste er als Familienoberhaupt deutlich und unbestritten die Spitze der Pyramide bilden. Das war dem Fotografen durch diesen kleinen Kunstgriff gelungen. Die rechte Hand meines Urgroßvaters lag in ruhigem Besitzerstolz auf der Schulter seiner Frau, die linke auf der seines Sohns, eines ernsten Jungen im Matrosenanzug, der rechts neben seinem Vater stand und zu ihm aufblickte. Die etwas jüngere Tochter auf der linken Seite des Bildes schmiegte sich eng an den Sessel ihrer Mutter. Sie trug ein helles wadenlanges Kleid, schwarze Spangenschuhe an erstaunlich großen Füßen und in den sorgfältig gedrehten Korkenzieherlocken eine Taftschleife, die wie ein riesiger Schmetterling mitten auf ihrem Kopf thronte. Sie lächelte ein wenig hinterhältig auf das pummelige Baby hinab, das in einem kurzen Leinenkleidchen mit passender Haube auf dem Schoß seiner Mutter saß und bei dem es sich allem Augenschein zum Trotz um meinen späteren Großvater handelte.

Nach meinem ersten Eindruck stimmte das traditionelle Bild mit dem Vater als Spitze der Pyramide auch noch für Fabians Familie. Der Vater war offensichtlich nach wie vor die beherrschende Figur. Daran schien auch die Tatsache nichts zu ändern, dass er nicht mehr zu Hause lebte, sondern kurz vor der silbernen Hochzeit zu seiner sehr viel jüngeren Geliebten gezogen war. Geld konnte nicht der Grund sein. Von Fabian wusste ich, dass seine Mutter finanziell absolut unabhängig war. Sie hatte von ihren Eltern und mehreren unverheiratet gestorbenen Tanten große Summen geerbt. Es war nicht einzusehen, warum sich die Machtverhältnisse nicht zu ihren Gunsten verschoben hatten.
Wenn du dich bei einer wichtigen Sache zwischen beiden entscheiden müsstest, fragte ich Fabian einmal, für wen würdest du dich entscheiden?

Für meinen Vater, sagte er ohne Zögern.
Und deine Mutter?
Sie würde genau das von mir erwarten.
Wieso?, fragte ich.
Wieso? Fabian seufzte. Ich weiß nicht wieso. Du fragst immer so viel. Mein Vater war einfach mein großes Vorbild. Immer schon. Und Kai war Mutters Kind. Auch immer schon. Sie hat gegen den Willen meines Vaters dafür gesorgt, dass er dieses musische Gymnasium besuchen durfte, sie hat ihm die besten Lehrer verschafft, und jetzt hat sie durchgesetzt, dass er nach Paris gehen kann. Mit allem Drum und Dran. Eigene Wohnung, Meisterkurse und neues Instrument.
Bist du eifersüchtig auf ihn?
Überhaupt nicht, sagte Fabian. Die Rollen sind gut verteilt. Ich kümmere mich um die Firma, und Kai kratzt auf seinem Kindersarg. Alle sind damit sehr zufrieden.
Es war klar. Auf dem gedachten Familienbild der Mensings stand Fabian neben dem Vater, und Kai lehnte sich eng an seine Mutter. Aber ich war nicht mehr sicher, wer die Spitze der Pyramide bildete.

Das „Fest der Liebe“ rückte bedrohlich näher. Wie hatte ich es immer herbeigesehnt, als ich noch ein kleines Mädchen war. Die Welt war damals voller Mysterien. Es duftete nach Plätzchen, Kerzen und Tannengrün. Der Schlüssel zum Schlafzimmerschrank meiner Eltern war verschwunden. Das Christkind flatterte durch alle Räume, hinterließ Silberfäden und geheimnisvolles Rascheln. Am Heiligen Abend tanzte ich ungeduldig vor der geschlossenen Wohnzimmertür von einem Bein aufs andere, bis endlich von drinnen die kleine

Silberglocke zur Bescherung läutete. Dann schob meine Mutter die Türflügel auseinander und aus dem dunklen Zimmer leuchtete uns der geschmückte Christbaum entgegen. Das war der schönste Augenblick des Festes.
Als ich älter wurde und mir der Glaube ans Christkind abhanden gekommen war, spielte ich das Weihnachtsspiel trotzdem noch einige Male mit. Ich wollte meine Eltern nicht enttäuschen. Sie schienen noch mehr daran zu hängen als ich. In den letzten Jahren allerdings hatte ich damit begonnen, ihre veraltete Inszenierung lächerlich zu machen. Ich war doch kein Kind mehr. Aber sie konnten einfach keine neue Form erfinden. Ich selbst übrigens auch nicht. Also fand ich mich zähneknirschend damit ab.

Wie würde es in diesem Jahr sein? Bestimmt musste Fabian den Heiligen Abend oder den ersten Weihnachtstag bei seiner Mutter verbringen. Würde er mich mitnehmen? Oder mich alleine in der leeren Wohnung zurücklassen? Beides konnte ich mir nicht vorstellen. Aber welche andere Möglichkeit gab es für mich? Die Heimkehr der verlorenen Tochter am Heiligen Abend? Im milden Schein der Kerzen fallen sich Eltern und Kind in die Arme. Alles ist vergeben und vergessen, und beim Klang der Glocken wandern sie durch den knirschenden Schnee zur mitternächtlichen Christmette. Die Szene stand mir deutlich vor Augen. Sie hätte aus einer der Lesebuchgeschichten stammen können, die unser Religionslehrer zur jährlichen Adventsfeier vorlas und bei denen er regelmäßig in die Falle seiner selbst erzeugten Rührung tappte.

Fabian erwähnte das bevorstehende Fest mit keinem Wort, und ich hätte mir eher die Zunge abgebissen, als ihn danach zu fragen. Am Freitag war Heiligabend, am Mittwoch hatte Fabian noch immer nichts gesagt.

Welche Pläne hast du eigentlich für Weihnachten, fragte er mich am Donnerstagabend. Es war spät, und ich war beinahe schon eingeschlafen.

Keine, murmelte ich und zuckte im Dunkeln mit den Schultern. Und du?

Ich spürte, wie auch Fabian die Schultern hob.

Ist nicht so einfach, sagte er nach einer längeren Pause. Meine Mutter denkt, dass du zum Fest sicher deine Familie besuchen willst.

Denkt sie?, sagte ich und setzte mich auf. Ich war jetzt hellwach. Ich will auf gar keinen Fall meine Familie besuchen. Nicht zu diesem Fest. Sag das deiner Mutter. Und sag ihr, sie soll sich nicht meinen Kopf zerbrechen. Ich komme schon alleine zurecht.

Wie gut, dass es dunkel war. Ich spürte, wie meine Mundwinkel zu zucken begannen. Am liebsten hätte ich losgeheult.

Kai meint übrigens, er fände es schön, wenn du mit uns zusammen feierst.

Kai meint, deine Mutter denkt, sagte ich. Was ist mir dir? Was meinst du? Was denkst du? Oder brauchst du deinen Kopf nur noch für den Frisör?

Als er antwortete, war seine Stimme demonstrativ gekränkt. Du musst mich auch verstehen, Lena, sagte er, das ist eine völlig neue Situation für mich. Ich meine, nicht, dass jemand bei mir wohnt. Ich meine, dass du hier wohnst. Weil

du dich mit deiner Familie … Ich wollte sagen, weil du ganz auf mich angewiesen … Verstehst du, was ich meine?
Er verhaspelte sich heillos und ich tat nichts, um ihm zu helfen. Dann versuchte er es noch einmal.
Weißt du, Lena, die Freundinnen, die ich sonst hatte, brauchten mich nicht so wie du. Sie hatten keinen Streit mit ihren Eltern und konnten jederzeit zu ihnen zurückgehen. Mit dir bin ich zum ersten Mal …
… in die Falle gegangen, zischte ich. Das ist es doch, sag es endlich. Du fühlst dich hereingelegt. Aber ich auch! Ich habe dir vertraut. Ich will dich, Lena, ich brauche dich, Lena, ich bin verrückt nach dir, Lena, äffte ich höhnisch seine Stimme nach. Ich Idiotin habe dir geglaubt. Ich habe gedacht, dass es die große, einmalige Liebe ist. Komisch, nicht? Du kannst ruhig lachen, Fabian.
Ich wollte es auf gar keinen Fall. Aber plötzlich konnte ich es einfach nicht mehr zurückhalten. Das Schluchzen brach aus mir heraus und schüttelte mich am ganzen Körper.
Als Fabian versuchte, mich zu beruhigen und mich in seine Arme zu nehmen, schlug ich wie eine Verrückte um mich. Fass mich nicht an, schrie ich und sprang aus dem Bett. Ich kann dich nicht mehr ertragen.
Mit fliegenden Händen suchte ich meine Sachen zusammen, stürzte ins Badezimmer und schloss die Türe hinter mir ab. Ich lehnte mich gegen die kühlen Kacheln. Mit einem Mal war mir schrecklich schwindlig. Ich ließ mich an der Wand hinuntergleiten, umfasste meine Knie mit beiden Armen und lehnte meinen Kopf an das Waschbecken.
Mach auf, Lena, sagte Fabian und klopfte gegen die Tür.

Mach auf, ich bitte dich. Du hast ja Recht. Ich bin ein Idiot, ein Gefühlsathlet.

Ich antwortete nicht.

Lena, sagte er und seine Stimme klang angstvoll, mach bitte keinen Unsinn. Mach sofort die Tür auf, oder ich trete sie ein. Hörst du, Lena? Mach endlich auf!

Ich hörte, wie er mit voller Wucht gegen die Tür anrannte. Zweimal, dreimal, viermal. Aber sie hielt stand. Nur die kleine Milchglasscheibe im oberen Teil der Tür zitterte in ihrer Einfassung. Dann schlug eine Faust dagegen, und die Scherben klirrten auf den Boden. Fabians Hand langte herein, drehte von innen den Schlüssel herum und stürzte auf mich zu.

Er trug mich ins Bett. Ich zitterte wie im Schüttelfrost. Meine Zähne schlugen aufeinander. Fabian deckte mich bis an die Kinnspitze zu. Er stürzte ins Wohnzimmer, holte das große Wollplaid und wickelte es noch zusätzlich um mich. Mir war noch immer kalt.

Ich mache dir einen Grog, sagte Fabian, einen Grog mit ganz viel Rum. Warte einen Augenblick, Liebes. Gleich wird es dir besser gehen.

Der Grog war so scharf, dass ich mich verschluckte. Fabian klopfte meinen Rücken, bis der Husten nachließ. Er selbst trank sein Glas in einem einzigen langen Schluck.

Als er zu mir unter die Decken kam, streckte ich meine Arme nach ihm aus. Wärme mich, sagte ich, mir ist so schrecklich kalt.

Ich weiß nicht, wie ich den Weihnachtsabend ohne Kai überstanden hätte. Er begrüßte mich in der Eingangshalle.

Ich hatte ihn nie vorher gesehen, aber natürlich hatte ich mir ein Bild von ihm gemacht: feingliedrig, sensibel, ein bisschen verträumt und weltfremd – ein Künstler eben. Aber der junge Mann, der jetzt auf mich zukam und mit seinen beiden Pratzen meine Hand zerdrückte, war ein Hüne, deutlich größer als Fabian, mit dichten krausen Haaren, deren Ansatz bis tief in die Stirn reichte, und mit runden, freundlich zwinkernden Augen.
Ich bin Kai, der kleine Bruder, sagte er und grinste von einem Ohr zum anderen. Darf ich Lena sagen?
Natürlich, sagte ich.
Komm herein, Lena. Wie schön, dass du mitgekommen bist. Es wurde höchste Zeit, dass jemand frischen Wind in unser zeremonielles Heiligabendmahl bringt. Du wirst es nicht glauben, aber seit meiner Kindergartenzeit ist daran nichts verändert worden. Mach dich auf das Schlimmste gefasst. Als Tischmusik das Transeamus, danach das Weihnachtsoratorium von Bach und das Halleluja von Händel. Dazu Fischterrine mit Feldsalat, Rindfleischbrühe mit Markklößchen, die unvermeidliche Weihnachtsgans, gefüllt mit Äpfeln und Kastanien, dazu Klöße, Rotkohl, Apfelmus und Preiselbeeren, und am Ende, wenn du denkst, dass du wirklich keinen Paps mehr runterbringst, kommt jedes Jahr feierlich, kerzenbesteckt und zu unserer absoluten Überraschung ein original englischer Plumpudding mit Himbeersauce, ein Rezept, das meine Mutter aus ihrer Au-pair-Zeit in England bis in unsere Tage hinüber gerettet hat. Du wirst sehen, sie schreckt vor nichts zurück.

Komm, setz dich neben mich, hatte Kai gesagt, neben meinem Bruder kannst du noch lange genug sitzen. Also saßen Kai und ich an der einen Längsseite des ovalen Esstisches, Fabian und seine Mutter uns gegenüber.

Die Atmosphäre war zum Fürchten. Weißer Damast, Kerzenleuchter, silberne Platzteller, viel Besteck mit unklarer Bestimmung und eine ganze Batterie von Gläsern vor jedem Gedeck. Wen das noch nicht das Gruseln lehrte, der musste nur einen Blick auf Fabians Mutter werfen. Sie wirkte geradezu beängstigend perfekt. Das schmale Gesicht war unauffällig, aber meisterhaft geschminkt. Kleidung, Frisur, Schmuck, Haltung – alles stimmte. Nichts war verbesserungsfähig. Nur die feinen Abwärtslinien um Augen und Mundwinkel, die leicht erschlaffte Haut an Kinn und Hals und einige bräunliche Flecken auf den gepflegten Händen mit den zartrosa lackierten gewölbten Nägeln verrieten ihr Alter und ließen etwas von dem Preis ahnen, den sie für so viel Vollkommenheit bezahlte. Durch Kais gut gemeinte Platzordnung saß ich ihr exakt gegenüber. Der etwas starrende Blick ihrer schmalen, hochmütigen Augen lag während der ganzen Mahlzeit auf mir. Schon bei der Begrüßung hatte sie mich – wie bei unserer ersten Begegnung – in einer Sekunde erfasst und abgeschätzt. Sie brachte mir wortlos mit einer genau protokollierenden Musterung vom Kopf bis zu den Füßen zu Bewusstsein, was ihr an mir missfiel. Plötzlich war mir peinlich bewusst, dass meine weiße Bluse mit dem Spatenkragen und den Doppelmanschetten altmodisch und schulmädchenhaft wirkte, dass meine geliebte Samthose an den Tascheneingriffen und den Nähten schon ziemlich abgewetzt war und dass die Spitzen meiner flachen chinesischen Satinschuhe nicht sehr fachmännisch gestopft waren.

Was für schönes, volles Haar Sie haben, sagte sie zum Abschluss ihrer Bestandsaufnahme und brachte damit unmissverständlich zum Ausdruck, dass es sich um das Einzige handelte, an dem sie nichts auszusetzen fand.
Als ich später mit Fabian darüber sprach, meinte er, ich sei einfach überempfindlich. Die Bemerkung über mein Haar könne man doch gar nicht anders bewerten als ein freundliches und durchaus zutreffendes Kompliment. Ich widersprach ihm nicht.

Die Mahlzeit verlief exakt so, wie Kai es vorausgesagt hatte. Nach dem Aperitif schaltete Fabian den CD-Player ein. Es erklangen die ersten Takte des Transeamus. Seine Mutter servierte Lachsterrine auf Feldsalat, und Fabian schenkte einen trockenen italienischen Weißwein dazu ein. Kai grinste mir zu. Es folgte die konzentrierte Rindfleischbrühe mit Markbällchen. Kai knuffte mich in die Seite. Beim Weihnachtsoratorium mit Gans und Rotkraut schaffte ich es noch, ernst zu bleiben, obwohl Kai unüberhörbar vor sich hin gluckerte. Aber als bei gelöschter Deckenbeleuchtung unter den begeisterten Überraschungsrufen der Söhne zu Händels Halleluja der kerzenbesteckte Plumpudding feierlich hereingetragen wurde, war ich mit meiner Selbstbeherrschung am Ende. Zuerst versuchte ich noch, mit einem gespielten Hustenanfall mein Lachen zu unterdrücken. Vergeblich. Die Anspannung des ganzen Abends brach sich jetzt Bahn. Mein ungeschicktes Hantieren mit dem Fischbesteck, das zu Boden gefallene Büschel Feldsalat, der Preiselbeerfleck auf dem makellosen Damast neben meinem Teller – und das alles unter dem unbarmherzig wohlwollen-

den Blick der tadellosen Gastgeberin – jetzt war es einfach zu viel. Meine einzige Rettung war Kai, der wie auf Kommando prustend in mein Gelächter einfiel. Wir konnten überhaupt nicht mehr aufhören. Immer, wenn einer von uns sich mühsam gefangen hatte, begann der andere von neuem. Unter den befremdeten Blicken von Fabian und seiner Mutter wanden wir uns in Lachkrämpfen, hielten uns die Hand vor den Mund, versuchten, die immer neu aufsteigenden Gluckser herunterzuschlucken, wischten uns die Augen und putzten uns die Nase, atmeten tief und entschlossen durch, um gleich von neuem auszubrechen.
Am Ende schmerzte mein Magen, und ich bekam einen heftigen Schluckauf. Fabian besorgte mir ein Glas Wasser, das ich ohne Unterbrechung austrinken sollte. Es half nichts. Frau Mensing empfahl, mich zur Ablenkung an drei Männer mit Glatze zu erinnern, und als das auch nicht wirkte, sagte Kai, er persönlich hätte immer gute Erfolge, wenn er versuchte, sich an das Weihnachtsabendessen des vergangenen Jahres zu erinnern. Daraufhin bekamen wir beide einen neuen Lachanfall.

Ich half Fabians Mutter, das Geschirr abzuräumen, und bot ihr meine Hilfe beim Abwasch an. Die Küche war tadellos sauber. Keine Spritzer auf dem Herd, keine Töpfe mit angebranntem Bodensatz, kein Chaos von offenen Gewürzdosen, angerührtem Mondamin, benutzten Schüsseln, Sieben, Rührbechern, Schneebesen, Pfannenhebern, Probierbestecken. Es war nichts weiter zu tun, als die sauberen Kochtöpfe und das Geschirr von Vorspeise und Suppe aus der Spülmaschine zu räumen und die Schüsseln, Teller und

Bestecke von Hauptgang und Dessert einzuräumen. Die Gläser werde ich morgen abwaschen und polieren, sagte Frau Mensing und schaltete die Espressomaschine ein. Dazu brauche ich mehr Zeit.
Ich war beeindruckt. Ein solches Essen vorzubereiten, jeden Gang auf den Punkt fertig zu stellen, zu servieren, selbst mit am Tisch zu sitzen und nebenbei schon die Küche in Ordnung zu bringen – das war ein Meisterstück an Disziplin und Organisationstalent. Als ich es ihr sagte, bedankte sie sich, schüchtern fast, wie ein junges Mädchen. Sie lächelte mir zu, und zum ersten Mal war das Lächeln nicht nur in ihren Mundwinkeln, sondern auch in ihren Augen.

Das ist die dritte Schwester, seit ich hier bin. Ich beobachte sie unter halb geschlossenen Lidern. Sie sieht fremd aus. Dunkle Haut, schwarze Locken unter der weißen Haube. Wahrscheinlich eine Türkin. Offenbar denkt sie, dass ich noch schlafe. Sie geht ganz leise, kommt auf Zehenspitzen an mein Bett. Ich schließe die Augen ganz. Ihre Schritte entfernen sich. Sie zieht die Türe vorsichtig hinter sich ins Schloss.

Es ist hell geworden. Keine Sonne. Ein Perlgrau zwischen den Lamellen. Die Straße ist nass. Es scheint zu regnen. Ich höre es am Geräusch der Autoreifen auf dem Pflaster. Gleich wird der Krankenhausbetrieb einsetzen. Wecken, Waschen, Betten machen, Frühstück, Temperatur und Blutdruck messen, Puls fühlen, vielleicht noch eine Blutabnahme, Abgeben einer Urinprobe. Dazwischen die Putzfrau. Aufräumen, Boden wischen, Waschbecken sauber machen, Blumenwasser erneuern.

Und dann die große Chefvisite. Der Oberguru schwebt ein. Hinter ihm ein Rattenschwanz von Assistenten, Schwestern und Pflegern. Der Chef reicht dem Patienten die Hand. Fragt, wie es uns geht. Streckt die Hand aus. Der Assistenzarzt oder die Schwester reichen ihm das Krankenblatt. Er nimmt es entgegen. Liest, runzelt bedeutungsvoll die Stirn. Murmelt lateinische Diagnosen zu den jungen Kollegen. Gibt Anweisungen an das Pflegepersonal. Reicht dem Kranken die Hand. Sagt: Das sieht doch schon sehr gut aus. Und verschwindet. Hinter ihm der Kometenschweif der weiß bekittelten Hilfstruppen.

Ich kenne das alles. Nur zu gut. Bis zum absoluten Überdruss. Jeden Tag und jeden Tag das Gleiche. Bis ich wusste, dass ich es nicht mehr ertragen kann. Hier wird es bestimmt nicht anders sein. Die Rituale der Medizin sind international.

Die Schwester kommt zurück. Guten Morgen, sagt sie und kurbelt die Jalousien hoch. Gut geschlafen? Ich habe Ihren Kulturbeutel mitgebracht. Handtücher hängen neben dem Waschbecken. Gleich kommt das Frühstück. Mögen Sie lieber Tee oder Kaffee?
Sie spricht mit starkem schweizer Akzent. Ich kann sie nur mit Mühe verstehen. Eine türkische Heidi. Auf dem Namensschild an ihrem Kittel steht Schwester Nicole.
Kaffee bitte, und können Sie mir sagen, wie spät es ist?
Sechsuhrdreißig, sagt sie und grinst mich an. Keine Uhr? Sie müssen Schwester Margot in die Hände gefallen sein. Eine Begegnung mit ihr ist wie ein Überfall. Man kann glücklich sein, wenn man das nackte Leben rettet.

Ich habe gelacht. Zum ersten Mal seit langer Zeit. Zu Anfang, als es gerade passiert war, habe ich geglaubt, dass ich es nie wieder könnte. Nicht, nachdem ich zum ersten Mal das Zimmer betreten hatte. Zimmer 423. Intensivstation. Der dünne junge Arzt mit den Stoppelhaaren und der sanften Stimme hatte mich vorbereitet. Jedenfalls hatte er es versucht. Er beobachtete aufmerksam meine ersten Reaktionen. Alles in Ordnung mit Ihnen?, fragte er besorgt. Als ob je wieder alles in Ordnung kommen könnte, nachdem ich Fabian angesehen hatte.
Aber ich nickte. Alles in Ordnung.
Tapferes Mädchen, sagte er Arzt und ließ mich alleine.

Das Wasser aus dem rechten Hahn ist eiskalt, das links brühheiß. Eine Mischbatterie gibt es hier nicht. Also halte ich meinen Waschlappen abwechselnd unter die beiden Hähne und versuche, eine bekömmliche Mixtur herzustellen. Beim Zähne putzen sehe ich mich im Spiegel. Ich schaue nicht noch ein zweites Mal hinein. Meine Haare sind verschwitzt und verfilzt. Sie verhaken sich bei jedem Bürstenstrich. Ich fühle mich schrecklich.
Schwester Nicole bringt das Frühstückstablett.
Kann man hier irgendwo duschen?, frage ich.
Sie sieht mich direkt an. Aufmerksam und abwägend. Wenn Sie mir versprechen, sich nicht stehenden Fußes in der Brausetasse zu ersäufen, schließe ich Ihnen nach dem Frühstück die Türe zum Duschbad auf, sagt sie. Ihr Lächeln ist einfach umwerfend.
Ich mustere das Tablett. Brot, Butter, Marmelade und Kaffee. Wir Schweizer lieben eine edle Schlichtheit, sagt Schwester Nicole, unseren Käse essen wir nicht selbst, den exportieren wir nach Deutschland. Mit etwas Glück könnte ich vielleicht noch ein Ei organisieren. Soll ich's versuchen?
Ich schüttle den Kopf. Nicht nötig, sage ich.

Zu meiner Überraschung habe ich wirklichen Hunger. Das Brot schmeckt wunderbar. Sogar die Marmelade ist essbar, und Kaffee kochen können sie auch, die Schweizer. Ich esse alles bis auf die letzte Krume auf. Warum habe ich bloß das Ei abgelehnt? Für einen Augenblick fühle ich mich richtig gut. Ein bequemes Bett, eine freundliche Krankenschwester, keine Anforderungen an mich. Niemand ringsum, den ich kenne, niemand, der mich schon eingetütet hat und dem ich das vormachen muss, was er

glaubt, von mir erwarten zu können. Keine Entscheidungen. Nichts.
Ist natürlich Blödsinn. Gleich wird irgendein neurotischer Neurologe hier auftauchen und mir Fragen stellen. Dann ist es vorbei mit dem Frieden. Ich muss mich konzentrieren, muss die richtigen Antworten geben, damit ich hier herauskomme. Nicht die richtigen Antworten, sondern die, von denen ich glaube, dass er sie für richtig hält. Das ist schwierig. Ein Denken um drei Ecken. Hoffentlich schaffe ich es noch, vorher zu duschen. In meinem jetzigen Zustand fühle ich mich von Anfang an unterlegen.

Na also, sagt Schwester Nicole, als sie das Tablett abholt, das Leben kriegt wieder Geschmack. Oder? Ihr Zimmernachbar hatte sich Joghurt mit Früchten gewünscht. Aber jetzt haben sie ihn nüchtern zum Röntgen bestellt. Mögen Sie noch?
Sie wartet nicht auf meine Antwort, sondern stellt mir die kleine Porzellanschale neben das Bett.
Essen Sie es, wenn Sie geduscht haben, sagt sie, als Nachtisch. Sie müssen fit sein, wenn der Doc kommt.
Wie ist er denn so?, frage ich.
Er ist eine Sie. Frau Doktor Werding, sehr freundlich und verständnisvoll, kann hinreißend zuhören. Aber wenn Sie nicht aufpassen, hat sie Ihnen am Ende des Gesprächs ein Kind in den Bauch geredet und Ihnen vorgeschlagen, die neun Monate bis zur Entbindung hier zu verbringen.
Ich bleibe nicht einen einzigen Tag mehr in dieser Klapsmühle, sage ich und schlage die Decke zurück. Ich will jetzt duschen und danach meine eigenen Klamotten anziehen. Ich bin schließlich nicht krank.

Gut so, sagt meine türkische Heidi und lacht, das ist der richtige Kampfgeist.

Jemand klopft an die Tür des Krankenzimmers. Noch einmal. Herein, sage ich.
Die Frau ist jung. Schlank, mit dunkelbraunen, aus dem Gesicht gestrichenen Locken und ein paar vereinzelten Sommersprossen auf der Nase und den Wangenknochen.
Ich bin Dr. Werding, sagt sie. Der Druck der zierlichen Hand ist überraschend kräftig. Sie hat große, graue Augen mit dichten Wimpern. Ihr Blick ist direkt. Sie lächelt nicht.
Mein Name ist Baltes. Lena Baltes. Ich bin gestern Abend mit einer Vergiftung hier eingeliefert worden. Ihr Kollege hat mich behandelt. Es geht mir ausgezeichnet, und ich werde die Klinik auf jeden Fall noch heute verlassen. Falls Sie meine Krankenversicherung nicht akzeptieren, bezahle ich die Rechnung per Scheck.
Jetzt lächelt sie. Unsere Klinik hat einen wunderbaren Park. Wir könnten ein wenig laufen und uns dabei unterhalten.
Bitte, sagt sie, als ich zögere. Ich brauche unbedingt etwas frische Luft. Mein Kopf ist noch nicht ganz klar. Ich hatte gestern Geburtstag, und die Feier ging bis in den Morgen.

Nicht ungeschickt eingefädelt, Frau Doktor. Sie wählen einen neutralen Ort, nicht ganz, aber doch deutlich genug entfernt vom Krankenhaus. Sie lassen mich einen kleinen Blick in ihr Privatleben tun und signalisieren, dass Sie nicht ganz auf der Höhe sind und deshalb nicht zu fürchten. Aber so leicht lasse ich mich nicht einwickeln.

Gut, sage ich, wechseln wir also den Kampfplatz.
Jetzt lacht sie. Ich will Sie doch nicht besiegen. Warum glauben Sie das? Wenn es Ihnen gut geht, werfe ich Sie schon von selbst hinaus. Die Station ist überbelegt, und mein Gehalt ist unabhängig von der Anzahl meiner Patienten.
Der Garten der Klinik ist wunderbar. Er erinnert an alte englische Parks. Alles wirkt natürlich und zufällig, aber wenn man genau hinsieht, erkennt man dahinter die Sorgfalt eines Plans. Am schönsten sind die Gruppen alter Bäume. Wie eine Versammlung von Riesen stehen Linden, Platanen, Akazien und Rotbuchen auf sanften, von Buschwerk frei gehaltenen Hängen. Am Ufer eines künstlich angelegten kleinen Sees, eingerahmt von Zypressen, steht eine Marmorbank mit hohen Seitenlehnen auf einem flachen Grashügel. Sie erinnert an einen mittelalterlichen Kaiserthron. Wir setzen uns. Der Stein ist von der Sonne durchwärmt.
Das ist mein Lieblingsplatz, sagt die Ärztin, und das dort drüben ist mein Lieblingsbaum.
Jenseits des Sees, in einer Wiese aus blühenden Gräsern, Margeriten, Schafgarbe und Glockenblumen steht ein einzelner Baum.
Es ist ein Ginko. Ein urzeitlicher chinesischer Tempelbaum. Sie müssten ihn im Herbst sehen, sagt die Ärztin, wenn seine merkwürdig geformten Blätter die Farbe gewechselt haben und in einem ganz reinen, klaren Gelb leuchten. Und dann, nach der ersten Frostnacht, liegen sie eines Morgens am Boden, in einem weiten, vollkommenen Kreis, wie eine vom Himmel gefallene Sonne. Auf diesen Moment warte ich in jedem Jahr.

Eine Romantikerin in Weiß. Wer hätte das gedacht? Was für ein schönes Bild sie da gezeichnet hat. Ich sehe es vor mir. Eine vom Himmel gefallene Sonne und der Baum in ihrer Mitte. Und dann wird sie hier sitzen, auf der Marmorbank zwischen den Friedhofsbäumen, und über die Vergänglichkeit der Schönheit und des Lebens nachdenken. Sehr verlockend. Aber ich darf mich nicht einwickeln lassen.

Wenn das eine Einladung werden soll, solange hier zu bleiben, bis der Ginkobaum seine Blätter verliert, dann möchte ich höflich aber bestimmt ablehnen, sage ich.
Immer noch misstrauisch? Wie kann ich Sie von meinem guten Willen überzeugen?
Indem Sie meinen Entlassungsschein ausfüllen.
Gut, ich verspreche es Ihnen, antwortet sie. Sobald jemand von Ihrer Familie eintrifft, können Sie die Klinik verlassen.
Warum erst dann?
Weil Sie noch minderjährig sind. Außerdem sehe ich da kein Problem. Auf einem Zettel an Ihrem Krankenblatt steht, dass Ihre Mutter gegen Abend hier sein wird.

Jetzt sollte ich mich freuen. Meine Mutter kommt. Wir fahren zusammen nach Hause. Aber in welches zu Hause? In das Haus meiner Eltern? Oder in Fabians Wohnung? Seine Mutter hat mir die Umbaupläne gezeigt. Alle Türen werden verbreitert und die Höhe der Arbeitsflächen angepasst. Der Eingang bekommt eine flache Rampe. In Bad und Toilette sind stabile Haltegriffe an allen Wänden geplant. Eine große ebenerdige Dusche wird zusätzlich eingebaut. Für mich ist ein eigenes kleines Appartement mit einer Terrasse zum Garten vorgesehen. Über die genaue Auf-

teilung der Räume und die Einrichtung kann ich noch mit entscheiden. Die Kosten spielen keine Rolle.

Eigentlich wollen Sie gar nicht zurückkehren, sagt die Ärztin.

Ich wusste gleich, dass ich sie nicht unterschätzen darf. Sie hat natürlich Recht. War allerdings auch nicht schwer, darauf zu kommen. Ein Mädchen mit einer Alkohol- und Tablettenvergiftung wird bewusstlos im Intercity nach Florenz aufgefunden. Von wem eigentlich? In ihrem Rucksack steckt ein Ticket nach Neapel. Einfache Fahrt. Das kann nur eine Flucht sein.

Wie bin ich eigentlich hierher gekommen?, frage ich.
Wissen Sie das nicht? Ein Schaffner hat sie bewusstlos in Ihrem Abteil gefunden, als er die Fahrkarten kontrollieren wollte. Er hat nach dem nächsten Bahnhof telefoniert, und dort hat man einen Krankenwagen bestellt. Und da sind Sie jetzt.
Wo bin ich jetzt?
Wie bitte?
Ich meine, in welcher Stadt?
Im schönen Basel. Sie lacht. Wollte Ihnen bisher niemand Auskunft geben?
Ich habe nicht gefragt, sage ich. Es war mir gleichgültig.
Sie schweigt. Wir schauen über den See. Die Feuerlilien, die in großen Büscheln am Ufer wachsen, verdoppeln sich auf dem glatten Spiegel des Wassers. Aus dem Schilf taucht ein kleines Blässhuhn auf. Dann noch eines. Die Keile ihres Kielwassers überschneiden sich, die Hälfte der Lilien verschwindet in den gekräuselten Wellen. Es ist schön, hier zu sitzen.

Meine Anspannung lässt nach. Ich spüre, wie sich meine Schultern lockern.
Vielleicht sollte ich doch länger hier bleiben, sage ich. Durch den Park wandern, die Baumriesen besuchen, auf der Marmorbank sitzen und mit Ihnen den See anschweigen.
Sie nickt. Viele Patienten fühlen das so. Dies hier ist wie ein Transitraum. Eine Schutzzone. Eine Zwischenzeit. Nicht mehr im alten Leben, aber auch noch nicht auf dem Flug in ein neues. Manche möchten dann gar nicht mehr weggehen. Sie haben Angst vor dem Aufbruch in das Ungewisse und Ungeschützte. Aber das ist natürlich keine Lösung. Auch nicht für Sie.
Und was ist die Lösung für mich?, frage ich.
Sie gibt keine Antwort. Sie hat die Augen geschlossen und das Gesicht der Sonne zugewandt. Sie scheint nicht so jung zu sein, wie ich dachte. An ihrer Schläfe zuckt eine winzige blaue Ader.

Gut gemacht, Frau Doktor. Ich fürchte, Sie haben mich so weit. Warum auch nicht? Warum soll ich nicht die Gelegenheit nutzen, mit ihr zu sprechen. Sie kennt mich nicht. Ich werde sie nicht wiedersehen. In ein paar Stunden verlasse ich das Krankenhaus und das unbekannte, offenbar schöne Basel. Vielleicht ist das meine Chance. Die Gelegenheit, die Wahrheit auszusprechen. Ein einziges Mal. Sie wird sich nicht entsetzt abwenden. Sie kennt das alles längst, viel länger als ich: den Abgrund in uns, das Schlangennest.

Ich muss jetzt leider gehen. Die Ärztin schaut auf ihre Uhr. Sobald Ihre Mutter kommt, können Sie die Entlassungspapiere bei mir im Ärzteraum abholen. Sie steht auf, reckt sich und streicht sich den Kittel glatt. Sie sehen, ich halte Sie nicht fest.

Schade, sage ich leise.

Sie sieht mich aufmerksam an. Ich kann keine Lösung für Sie finden, sagt sie. Für niemanden. Sie selbst kennen die Antwort auf ihre Fragen. Auch wenn Sie es noch nicht wissen. Sie liegt schon in Ihnen bereit.

Aber ich muss sie jetzt finden! Ich höre selbst, wie hysterisch meine Stimme klingt. Seit drei Monaten suche ich danach! Wenn ich mich nicht entscheide, dann werden es andere für mich tun!

Die Ärztin fährt sich mit beiden Händen durch die kurzen Locken.

Es gibt noch eine Möglichkeit, sagt sie, falls Sie den letzten Zug nicht mehr erreichen. Ich habe heute Nacht Bereitschaftsdienst. Sie könnten mir Ihre Geschichte erzählen. Mir hilft es beim Wachbleiben, und vielleicht hilft es ja auch Ihnen. Sie geht.

Ich weiß, dass wir den letzten Zug nicht erreichen werden.

Schwester Nicole empfängt mich mit breitem Lachen.

Frau Dr. Werding hat gesagt, ich soll das Bett noch nicht abziehen. Es könnte sein, dass Sie bis morgen bleiben wollen. Stimmt das?

Ich nicke, und sie kichert. Dabei hatte ich Sie extra ein bisschen aufgeputscht. Aber sie hat es mal wieder geschafft. In der Stimme der Schwester klingt Anerkennung. Ist das nicht eine tolle Person? Sie kriegt es fertig, dass Leute, die schon versucht haben, aus dem Fenster zu springen oder die Tür

einzurennen, nach einem Gespräch mit ihr darum bitten, noch ein bisschen bleiben zu können. Ich weiß einfach nicht, wie sie das macht. Können Sie es mir erklären?
Sie macht gar nichts, sage ich. Sie öffnet einfach Türen und Fenster, und dann stellt man fest, dass man Angst hat hinauszugehen.

Meine Mutter kommt am frühen Nachmittag. Ich warte in der Eingangshalle der Klinik auf sie.
Lenakind!, sagt sie und presst mich an sich. Lenakind, was, um Himmels willen, ist passiert? Wo wolltest du denn hin? Warum hast du mir nichts gesagt? Wie geht es dir jetzt? Ich will sofort mit deinem Arzt sprechen.
Mutter ...
Kannst du mit zurückfahren oder fühlst du dich noch zu schwach? Ich habe dir Obst mitgebracht, blaue Trauben. Die isst du doch so gerne. Und deine Lieblingsschokolade, die mit den leisen Nüssen.
Mutter ...
Doch, doch. Du musst unbedingt mehr essen, Kind. Du wirst ja seit Wochen immer dünner. So geht das nicht weiter mit dir. Es wird höchste Zeit, dass ich mich wieder mehr um dich kümmere. Da hat dein Vater sogar einmal Recht.
Mutter! Jetzt beruhige dich erst einmal. Du siehst doch, dass es mir gut geht. Im Garten dieser Klinik gibt es einen wunderbaren Platz am Ufer eines kleinen Sees. Komm mit. Ich möchte dir etwas erklären.
Kannst du das nicht auf der Rückfahrt tun? Da haben wir doch Zeit genug.
Ich schüttle den Kopf.

Als ich ihr die Reisetasche abnehme, protestiert sie. Ich achte nicht darauf.
Die Marmorbank ist frei. Das sehe ich schon von weitem. Wir setzen uns dicht nebeneinander. Meine Mutter legt einen Arm um mich. Sie wird ruhiger. Es muss an diesem Platz liegen. Seine Stille ist so vollkommen, dass man sie kaum zu unterbrechen wagt.
Ich weiß nicht, was ich tun soll, Mutter, sage ich leise. Ich kann nicht bei ihm bleiben, und ich kann ihn nicht verlassen. Aber bevor ich zurückfahre, muss ich eine Entscheidung treffen. Es gibt hier eine Ärztin, eine Frau Dr. Werding. Wahrscheinlich ist sie Psychologin. Ich weiß es nicht. Ich weiß nur, dass ich ihr vertraue. Sie hat heute Nachtdienst, und sie hat mir diese Zeit für ein längeres Gespräch angeboten. Ich brauche dieses Gespräch. Unbedingt. Verstehst du das?
Ja, sagt meine Mutter. Ich verstehe. Wir können morgen zurückfahren. Oder übermorgen. Oder nächste Woche. Wann immer du willst. Nimm dir die Zeit, die du brauchst.
Was wirst du solange tun?
Ich werde mir ein Hotelzimmer suchen und mir die Stadt ansehen. Ich habe ein paar Tage Urlaub. Es ist schön hier. Mach dir keine Sorgen um mich.
Doch, sage ich und lehne meinen Kopf an ihre Schulter, ich mache mir Sorgen um dich. Du weißt, woher ich die Beruhigungstabletten hatte? – Sie nickt.
Warum?, frage ich. Warum brauchst du sie? So viele davon.
Weil ich nie wusste, was ich tun soll, sagt meine Mutter. Ich konnte nicht bei ihm bleiben, und ich konnte ihn nicht verlassen.

Da ist es wieder, dieses jaulende Wimmern. Wie der einförmige Ton einer Sirene. Es liegt als konstanter Grundton unter dem Klangteppich der vielen anderen Geräusche. Ich höre das Surren des Aufzugs, das Öffnen und Schließen seiner Türen. Ein Telefon klingelt. Immer noch. Wann hebt denn jemand den Hörer ab? Endlich. In der Teeküche der Schwestern klirrt Geschirr. Jemand läuft den Gang entlang. Leichte Schritte mit klappernden Absätzen.
Was werde ich der Ärztin erzählen? Womit soll ich beginnen? Mit Fabians Geburtstag? Mit der Wanderfahrt des Ruderclubs? Mit dem Fleck an Martinas Hals? Mit unserer Versöhnung? Oder gleich mit dem Abend, an dem unsere Welt zu Bruch ging? Mit dem Abend in der Disko?
Am besten mit der Ruderfahrt. Damals begann der Stein zu rollen. Oder doch eher mit dem Motorrad?

Es war Freitag, der 14. Februar, Fabians Geburtstag. Aber das wusste ich damals noch nicht. In der sechsten und siebten Stunde hatten wir Grundkurs Mathematik bei Herrn Dr. Leitzmann. Dieser Kurs war eine Plage für Mensch und Tier. Väterchen Lei, wie ihn alle nannten, war eine Seele von Mensch und ein Mathematiker von hohen Graden. Er hatte eine Dozentur an der Universität und war Verfasser mehrerer Lehrbücher. Er wusste zu viel und wir zu wenig. Das war sein und unser Unglück. Alle liebten Väterchen Lei, aber alle fürchteten seinen Unterricht. Er begriff nie, warum wir nichts begriffen. In seiner Verzweiflung ließ er sich von uns auf allerlei Nebengleise entführen. Er erzählte uns von den Tücken der Renovierung seines zweihundert Jahre alten Fachwerkhauses, er schilderte uns seine Fußballerkarriere als Rechtsaußen beim TV Eichenkranz und die Streiche aus seiner eigenen Schulzeit. Kurz vor den Klausuren packte dann ihn und uns das helle Entsetzen. Väterchen Lei kopierte für uns eine gedrängte Zusammenschau des Unterrichtsstoffs der letzten Wochen auf zwei oder drei DIN A4-Seiten. Wir paukten wie die Verrückten, lösten massenhaft zusätzliche Übungsaufgaben, die er korrigierte, ohne sie zu bewerten, und erreichten mit hängender Zunge so gerade noch das Lernziel. Nur manchmal, ganz selten, wenn Väterchen Lei auf einen mathematischen Überflieger traf, dann gab es für ihn und für uns eine Sternstunde. Dann war es so, als ob sich zwei Eskimos in der Sahara träfen. Sie verstanden sich, und der Rest hörte fassungslos zu. So ein Glücksfall war allerdings im diesjährigen Grundkurs Mathematik nicht zu erwarten. Hier hockten die armen Würstchen, die dem ungeliebten Pflichtfach einfach nicht entrinnen konnten. Dazu gehörten Martina und ich. Wir schleppten uns schlaftrunken dem Ende der Stunde entgegen. Endlich. Der Gong erlöste uns. Wir packten unsere Mappen.

Und denkt dran, Kinder, sagte Väterchen Lei, was ich euch gesagt habe, die Integralrechnung, ich meine die Stammfunktion, ich meine, ihr wisst ja, das ist auch für mich nicht, na ja, ich mache euch noch Kopien, aber nicht, dass ihr wieder, ich weiß auch nicht, was ich da noch sagen soll. Schönes Wochenende, Kinder.

Martina sah sie zuerst. Die schwarze, chromglänzende Maschine stand mit laufendem Motor auf der anderen Straßenseite. Der Fahrer, in schwarzer Lederkluft mit einem brandroten Wollschal um den Hals und heruntergeklapptem Helm, schien auf jemanden zu warten.
Das ist ja ein heißer Ofen, sagte Martina und verdrehte die Augen. So einen Typ müsste man kennen lernen. Bist du schon mal mit so einer Mühle gefahren?
Ne. Ich habe auch keine große Lust dazu. Hier in der Gegend fliegen doch fast an jedem Sommerwochenende ein paar dieser Freaks aus der Kurve, weil sie denken, sie wären noch auf dem Nürburgring.
Der Motorradfahrer startete. Die Maschine beschrieb eine scharfe Kurve, überholte uns langsam und stoppte dann kurz vor uns.
Mach den Mund zu, Martina, sagte ich.
Der Fahrer drehte sich zu uns um und klappte das Visier seines Helms hoch. Es war Fabian. Er lachte in unsere überraschten Gesichter. Seine Grübchen waren wirklich unwiderstehlich.
Na, was sagt ihr dazu? Komm, Lena, steig auf. Wir machen eine kleine Jungfernfahrt.
Wem gehört denn diese Höllenmaschine?
Uns. Mein Vater hat sie mir zum Geburtstag geschenkt. Sie ist zwar gebraucht, aber tipp-topp in Schuss.
Du hast keinen zweiten Helm für mich.
Stimmt, sagte er, nimm meinen, damit dir nichts passiert.
Bevor ich protestieren konnte, hatte Fabian mir den Helm über den Kopf gestülpt. Er selbst zog sich den roten Schal über Mund und Nase und gab Gas. Die Maschine machte

einen kleinen Satz nach vorne und ich klammerte mich erschrocken an ihn.
Tschüs, Martina, rief ich, stell eine Kerze für uns auf!
Auf den ersten Kilometern saß ich so steif wie ein Stock. Fabian nahm die bucklige, gewundene Straße in mäßigem Tempo. Trotzdem. Immer, wenn wir über einen der vielen kleinen Höcker fuhren oder sich die Maschine leicht zur Seite legte, hielt ich die Luft an. Meine Muskeln verkrampften sich und meine Kiefer schmerzten vor Anspannung.
Hab doch keine Angst, Lena!, schrie Fabian mir zu. Leg dich einfach mit mir in die Kurve. Es passiert dir nichts.
Wir erreichten die Umgehungsstraße. Sie war gut ausgebaut und nicht so kurvenreich. Langsam entspannte ich mich. Ich begann sogar die Fahrt zu genießen. Die Maschine brummte gleichmäßig und beruhigend wie eine dicke Hummel. Ich schlang meine Arme fester um Fabians Taille und legte meinen Kopf auf seine Schulter. In den Kurven passte ich mich seinen Bewegungen an. Wie ein einziger Körper neigten wir uns nach außen und richteten uns wieder auf.
Ich hob das Visier des Helms an. Es gefällt mir, rief ich, du kannst jetzt ruhig schneller fahren.
Fabian lachte. Für einen Kopf ohne Helm ist das schnell genug, sagte er.

Als wir auf den Weg zu Fabians Wohnung einbogen, war ich fast enttäuscht. Wir müssen unbedingt einen zweiten Helm besorgen, sagte ich. Ich hätte nie gedacht, dass es mir solchen Spaß machen könnte.
Fabian stellte die Maschine vor dem Haus ab. Ich schloss die Haustür auf und zog meine Jacke aus. Mein Bild im Dielen-

spiegel gefiel mir nicht. Ich ließ den Kopf nach vorne fallen und lockerte mit beiden Händen meine vom Helm zerdrückten Haare auf.
Ich habe nicht gewusst, dass du heute Geburtstag hast, sagte ich zerknirscht. Es tut mir leid, dass ich kein Geschenk für dich habe.
Aber Lena, was sagst du da? Du selbst bist doch mein schönstes Geschenk.
Fabian trat hinter mich. Seine Hände umfassten meine Hüften, wanderten hoch zu meiner Taille, berührten die Spitzen meiner Brüste. Im Spiegel sah ich unsere Gesichter dicht nebeneinander. Fabians Wangen waren vom Fahrtwind gerötet. Seine Augen blitzten. Er küsste meine Haare, die empfindliche Stelle dicht hinter meinem Ohr und knabberte leicht an meinem Ohrläppchen, dann streiften seine Lippen über meinen Hals bis zur Schulterbeuge. Langsam begann er, meine Bluse aufzuknöpfen. Ich sah ihm im Spiegel dabei zu. Die Träger meines Büstenhalters rutschten von meinen Schultern. Als er den Verschluss meiner Jeans öffnete, half ich ihm mit fliegenden Fingern.
Es war nie zuvor so gewesen. Dicht aneinander gepresst, atemlos wie im scharfen Fahrtwind, bewegten wir uns wie ein einziger Körper. Die Vibrationen der Maschine, der Rhythmus der Fahrt, das gemeinsame Neigen und Wiederaufrichten, die angstvolle Lust, all das war noch in mir und trieb uns zueinander, trieb mich weiter als jemals vorher.
Ich liebe dich, Fabian, flüsterte ich, als ich dachte, es nicht mehr länger zu ertragen.
Dieser Moment der Stille. Ich hielt den Atem an und spürte, wie das Blut aus meinen Lippen wich.

Ich dich auch, sagte Fabian dicht an meinem Mund.
Mein Atem kam zurück und vermischte sich mit seinem. Mit Zähnen, Zunge und Lippen, mit meinem ganzen Körper nahm ich Besitz von ihm.
Ich war angekommen, fühlte mich endlich zu Hause in seinen Armen.

Im Wohnzimmer klingelte das Telefon. Wir gehen einfach nicht ran, murmelte Fabian träge, wahrscheinlich ist es meine Mutter. Sein Kopf lag schwer auf meinem Arm. Ameisen kribbelten darin. Allmählich begannen meine Finger taub zu werden. Es klingelte beharrlich weiter. Vorsichtig machte ich meinen Arm frei, stand auf, durchsuchte unsere in der ganzen Diele zerstreut liegenden Sachen, fand meine lange Hemdbluse und zog sie mir rasch über.
Hier bei Mensing, sagte ich.
Es war wirklich Fabians Mutter.
Eigentlich wollte ich das Geburtstagskind sprechen, sagte sie, aber es ist schön, dass Sie gleich am Apparat sind. Kai und ich haben für heute Abend eine kleine Überraschung für Fabian geplant, und ich möchte Sie herzlich einladen mitzukommen.
Ja, ich weiß nicht, stotterte ich, überwältigt von soviel unerwarteter Freundlichkeit. Worum handelt es sich denn?
Kai hat Opernkarten besorgt. Er hat gute Beziehungen. Eigentlich war die Vorstellung schon ausverkauft. Es gibt Aida in einer neuen Einstudierung und mit einer ganz guten Besetzung. Es wird Ihnen bestimmt gefallen. Werden Sie mir die Freude machen?
Ja, sicher, sagte ich, gerne, wenn Fabian …

Wenn Fabian was?, sagte er und nahm mir den Hörer aus der Hand. Er war unbemerkt hereingekommen. Als ich ihn ansah, konnte ich nur mit Mühe einen Lachanfall unterdrücken. Er hatte sich noch nicht wieder angezogen, sondern trug als einziges Kleidungsstück den brandroten Wollschal, den er sich wie einen Lendenschurz um die Hüfte geschlungen hatte. Ein Glück, dass wir kein Bildtelefon hatten.

Ich war noch nie in einer Oper, sagte ich, nachdem Fabian aufgelegt hatte. Was zieht man dazu an?
Was man will. Jeans, langes Abendkleid, selbst gestrickter Norwegerpullover, kleines Schwarzes. Alles ist möglich.
Und was soll ich anziehen?
Das, was du an unserem ersten Abend getragen hast. Und könntest du vielleicht deine Haare so in Locken auf dem Scheitel zusammenstecken, Lena, wie du es manchmal machst? Ich liebe deinen schönen Nacken und diesen langen Schwanenhals. Er hob mein Haar zur Seite und streifte mit den Lippen ganz sanft über meine Nackenlinie, dann schob er seine Hand unter meine Bluse, und seine Fingerspitzen zeichneten den Lauf meiner Wirbelsäule nach.
Am liebsten möchte ich gar nicht weggehen, sagte er.

Wir fuhren mit Frau Mensings Auto. Es war geräumiger und bequemer als Fabians Flitzer. Fabian saß am Steuer, neben ihm seine Mutter. Ich saß mit Kai auf dem Rücksitz.
Kennst du Aida?, fragte er.
Nein. Ich war noch nie in einer Oper.
Macht nichts, sagte Kai. Erstens: Alles wird gesungen. Zweitens: Die Handlung ist ganz simpel. Das Ganze spielt sich

im alten Ägypten ab. Amneris, die schöne Tochter des Pharao, hat in dieser Aufführung eine Altstimme und liebt den schönen Feldherrn Radames, der ein vorschriftsmäßiger Heldentenor ist. Dieser schöne Radames liebt die noch schönere Sklavin und Sopranistin Aida. Amonasro, der Vater Aidas und König von Äthiopien, ein mittelprächtiger Bariton, überredet seine Tochter, Radames zum Verrat zu bewegen. Er muss fliehen, wird entdeckt und getötet. Radames soll ebenfalls sterben. Amneris will ihn jedoch retten, wenn er auf Aida verzichtet und sie heiratet. Radames weigert sich. Der verschmähte Schwiegervater Pharao, ein Bass, wie er im Buche steht, verurteilt Radames zum Tode. Zusammen mit Aida wird er lebendig begraben, und die beiden singen, bis ihnen das letzte bisschen Sauerstoff ausgeht.
Wirklich eine ganz simple Handlung, lache ich.
Sage ich ja. Dazwischen mimt das Städtische Ballett mit einigen Damen, die kurz vor der Pensionsgrenze stehen, blutjunge ägyptische Tempeltänzerinnen und unser eher schmächtiger Opernchor marschiert als gewaltiges ägyptisches Heer endlos zum Triumphmarsch um einen großen Felsen in der Mitte der Bühne. Du musst auf den kleinen Dicken mit der unwahrscheinlich krummen Nase achten. In der vorigen Aufführung ist er beim Triumphmarsch mindestens sechsmal an uns vorbeigezogen. Ich musste mir immer vorstellen, wie er auf der Bühne langsam und feierlich schreitet und dann hinter dem Felsen zu rennen anfängt, damit er nicht den Anschluss verliert und sich rechtzeitig wieder in den endlosen Heerzug einreihen kann.

Kai hatte keine vier nebeneinander liegenden Plätze mehr

bekommen. Zwei Karten waren für den ersten Rang und zwei für das zweite Parkett.
Sie und Fabian nehmen die Plätze im ersten Rang, sagte Frau Mensing, als wir unsere Mäntel in der Garderobe abgaben. Da haben Sie den schönsten Blick.
Sie hielt mir die beiden Tickets hin. An Fabians Geburtstag sollte er neben Ihnen sitzen, sagte ich. Irgendwie ist es ja auch Ihr Fest. Ohne Sie gäbe es Fabian nicht, und ohne Fabian gäbe es nichts zu feiern.
Meinen Sie wirklich, Fräulein Baltes, sagte Fabians Mutter und berührte leicht und beinahe schüchtern meine Schulter, meinen Sie, dass es Fabian recht sein wird?
Ganz bestimmt. Und – wenn Sie wollen, dann sagen Sie doch einfach Lena zu mir.

Kai erwies sich als wandelndes Opernlexikon. Es gab keine Frage, die er nicht beantworten konnte. Dazu hatte er die Begabung, seine Informationen in genau der richtigen Menge und in einer Form zu geben, die mich nicht belehrte, sondern mich einfach teilhaben ließ an seiner ungeheuren Freude an diesem Spektakel. Vor jedem Akt machte er mich auf die musikalischen Höhepunkte aufmerksam. Ich war wie verzaubert. Alles war völlig irreal: die verworrene Handlung, die Heldinnen und Helden, die noch in der tragischsten Situation Zeit für eine endlose Arie fanden, das etwas unbeholfen hüpfende Ballett und die tapfer marschierenden Chormitglieder. Und doch! Als die letzten Takte des Liebeslieds aus dem Grab erklangen und die verzweifelte Amneris ohnmächtig zu Boden sank, da hatte ich nicht nur mein eigenes, sondern auch das Taschentuch von Kai nass geheult.

Schritte auf dem Flur. Das muss sie sein. Es ist schon fast elf. Das knarzende Geräusch der Ledersohlen kommt näher, ist da, entfernt sich. Wo bleibt sie bloß? Oder erwartet sie, dass ich zu ihr komme? Könnte sein. Wir haben nichts Genaues vereinbart. Mich friert. Ich werde mir ein paar dicke Socken und den blauen Pullover anziehen. Zum Glück ist der Rucksack wieder da. Die Brieftasche fällt aus dem offenen Vorfach. Mein Ausweis liegt auf dem Boden – und Fabians Bild. Wie schön er war. Meine Augen beginnen zu brennen. Ich kann dieses Bild nicht mehr ansehen, ohne dass sich ein anderes darüber schiebt. Eine mit Mull und Gaze abgedeckte flache, blutige Fläche – dort, wo seine Augen, seine Nase, sein Mund sein sollten. Der plastische Chirurg braucht ein möglichst aktuelles Portraitfoto, hatte der Arzt gesagt, damit er das Gesicht rekonstruieren kann. Ich gab ihm das Foto. Es war ganz neu. Fabian schenkte es mir zu Ostern. Ich hatte es mir gewünscht. Ein Abzug davon steht jetzt auf dem Nachttisch seiner Mutter.
Die Ledersohlen kommen zurück.

Alles in Ordnung? Schwester Hedwig steckt den Kopf ins Zimmer.
Danke. Alles im grünen Bereich. Wissen Sie, ob Frau Dr. Werding auf der Station ist?
Ja. Sie hat Bereitschaftsdienst. Ist aber zum Glück nichts los heute Nacht. Soll ich sie bitten, zu Ihnen zu kommen?

Nein. Nicht nötig.
Die Schwester bleibt in der halb geöffneten Tür stehen.
Es geht mich ja nichts an, sagt sie, aber ich an Ihrer Stelle, wenn ich ein Problem hätte … Ach was. Warum soll ich es Ihnen nicht sagen? Ich bin Alkoholikerin. Ich war im Begriff, mich um den Verstand zu saufen und mich privat und beruflich zugrunde zu richten. Die Frau Dr. Werding war die Einzige, der ich vertraut habe, und sie hat mir geholfen. Obwohl sie immer behauptet, ich selbst hätte das getan. Wie gesagt, es geht mich ja nichts an …
Schon gut, Schwester, sage ich, ich wollte gerade zum Ärztezimmer gehen.
Tun Sie das, sagt sie und schließt die Tür hinter sich.

Wo sind die Tennissocken? Ich weiß genau, dass ich sie eingepackt habe. Na also. Ganz zuunterst. Meine Füße sind eiskalt. Der flauschige hellblaue Wollpulli ist völlig zerknittert. Macht aber nichts. Er wärmt gut.
Ich habe plötzlich Angst. Warum?
Ich stecke Ausweis und Foto zurück in die Brieftasche. Soll ich sie wieder in den Rucksack legen? Nein. Ich werde sie mitnehmen.

Trinken Sie eine Tasse Tee mit mir?, fragt die Ärztin. Die Verwaltung hat die Heizung noch nicht wieder eingeschaltet. Mir ist kalt. Heute merke ich zum ersten Mal, dass der Sommer geht.
Der Tee in der weiß-blauen Porzellanschale mit dem Reiskornmuster ist blassgrün und duftet nach frisch geschnittenem Gras. Oder doch eher nach Blüten?

Es ist Jasmintee, sagt die Ärztin. Mögen Sie ihn?
Sie reicht mir die dünnwandige Schale mit beiden Händen und ich nehme einen kleinen Schluck.
Er schmeckt gut, sage ich. Er passt zu der Bank am See und zu dem Ginkobaum.
Sie lächelt ein bisschen. Wie schmal sie ist. Sie hat die Füße in den weißen Arztsocken auf die gepolsterte Sitzfläche des Ledersessels gestellt, die Beine dicht an den Körper gezogen und die Knie mit beiden Armen umschlungen. Sie sieht verfroren und müde aus.
Auf dem Schreibtisch vor ihr steht ein Foto in einem hellen Holzrahmen. Ein lachender kleiner Junge in einem roten Anorak mit einer bunten Pudelmütze. Er hält einen Plüschhasen im Arm.
Mein Sohn, sagt die Ärztin, als sie meinen Blick bemerkt. Das Foto ist ein paar Wochen vor seinem Tod entstanden. Andreas war damals gerade zwei Jahre alt geworden.
Wir schweigen. Lange Zeit.
Endlich nehme ich das Foto aus meiner Brieftasche und schiebe es ihr zu. Mein Freund Fabian, sage ich.
Sie betrachtet das Bild aufmerksam. Ist er tot?, fragt sie.
Nein. Er lebt. Falls man das Leben nennen kann.
Sie schenkt mir neuen Tee ein, legt den Kopf auf die verschränkten Arme. Es ist ganz still im Raum. Das Teelicht unter dem Rechaud flackert.
Als ich zu sprechen beginne, schließt sie die Augen.

Ich glaube, es begann mit der Frühjahrsfahrt unseres Ruderclubs. Fabian und ich sind dort Mitglied. Meine Freundin Martina brachte ihn eines Abends zum Training mit. Das war im vorigen Sommer, vor genau vierzehn Monaten. Wir verliebten uns. Fabian ist einige Jahre älter als ich. Wahrscheinlich ging deshalb alles so schnell. Wahrscheinlich zu schnell. Ich bekam mehr und mehr Schwierigkeiten zu Hause, zerstritt mich mit meinem Vater und zog in Fabians Wohnung. Seine Mutter lehnte mich ab. Zunächst jedenfalls. Sie war einsam und verbittert und förmlich ausgehungert nach einem bisschen Freundlichkeit. Je klarer mir das wurde, umso besser verstanden wir uns.

Die Fahrt unserer Ruderabteilung fand Mitte April statt. Das Frühjahrshochwasser der Mosel hatte sich gerade erst verlaufen. Seine Spuren waren noch deutlich zu sehen: ein Saum von Müll an den Ufern. Kunststoffreste, Flaschen, Autoreifen, Dosen, Treibholz. In den Sträuchern und Bäumen Stofffetzen, Teile von Plastiktüten, Schilfrohr, Tauenden, zu Knäueln zusammengeballte Zweige und Gräser. Wir hatten Glück, es war das erste warme Wochenende des Jahres. Harry, unser Bootswart, und Reinhard, der Vereinsvorsitzende, fuhren die Boote mit einem kleinen Transporter zur geplanten Einsatzstelle. Die Teilnehmer der Fahrt folgten in mehreren Privatautos.

Ich weiß nicht, ob Sie etwas vom Rudern verstehen. Wir hatten zwei Doppelvierer mit Steuermann, das sind Boote mit jeweils zwei Rudern pro Person, dazu zwei Skiffs und zwei Zweier. Für die extrem schmalen Einer, die Skiffs, aber auch für die Zweier braucht man erfahrene Leute mit einer guten Technik. Diese Boote verzeihen kaum einen Fehler. Es ist ein beliebtes Spielchen im Club, den Anfängern, die sich in den behäbigen Vierern schon ganz sicher fühlen, ohne jede Vorwarnung einen kippligen Zweier zu geben und am Ufer feixend auf die fast unvermeidliche „Taufe" zu warten.
Die Mannschaft der Vierer war komplett. Der eine, im Verein der Vati-Kahn genannt, war mit unseren „Senioren" besetzt, Männern von Ende zwanzig bis Anfang dreißig, die drolligerweise alle im gleichen Jahr Vater geworden waren. Im zweiten Vierer saßen nur Neulinge, drei Mädchen und ein Junge, der den Steuermann machen sollte. Keiner von ihnen hatte Schleusenerfahrung.
Reinhard und Muharrem nahmen die Skiffs. Zwischen Thomas und Martina, meiner besten Freundin, gab es irgendeinen Ärger. Martina wollte nicht darüber reden. Jedenfalls gingen die beiden sich schon seit Wochen aus dem Weg. Thomas stieg mit Lilian in den ersten Zweier. Martina, Fabian und ich blieben übrig. Für einen von uns war der Platz des Schlagmanns in dem Anfänger-Vierer vorgesehen. Aber natürlich hatte niemand große Lust dazu.
Was soll's, sagte Martina und schulterte ihren wasserdichten Beutel, da muss ich wohl in den sauren Apfel beißen und die Kleinen auf Kurs bringen.
Warte mal, rief Fabian. Das finde ich nicht gerecht. Wie wäre es, wenn wir nach jeder Schleuse wechseln? Die erste Etap-

pe übernimmst du, die zweite ich und die dritte samt Anlegemanöver zur Übernachtung dirigiert Lena. Nach dem Motto: Geteiltes Leid ist bloß noch die halbe Freude.
In der ersten Schleuse wäre der Anfänger-Vierer fast gekentert. Zunächst kam das Boot gut herein. Martina zeigte einem der Mädchen, wie es sich mit dem Bootshaken an den Sprossen einer der Leitern festhalten sollte, die in die Schleusenwand eingelassen waren. Aber als sich dann die Schütze am vorderen Schleusentor öffneten und das Wasser mit einem kräftigen Schwall hereinschoss, rutschte dem Mädchen vor Schreck der Haken ab. Zwar versuchte sie verzweifelt, die Leiter wieder zu erreichen, aber das Boot war schon zu weit abgetrieben. Martina brüllte vergebliche Befehle. Die ganze Mannschaft war völlig kopflos, starrte wie paralysiert auf den immer stärker schäumenden Wasserschwall und machte gar nichts mehr. Die Ausleger des Vierers verhedderten sich in dem gegenüberliegenden Boot von Thomas und Lilian. Die beiden griffen energisch zu, hielten das Boot parallel zu ihrem und verhinderten mit Mühe, dass es gegen das hintere Schleusentor krachte.
Im Oberwasser tauschten Fabian und Martina die Plätze. Martina war blass vor Aufregung, als sie vor mir in den Zweier kletterte.
Bei der zweiten Schleuse klappte es schon besser. Die Kleinen wussten jetzt, worauf es ankam, und ließen sich von der Gischt und den Strudeln des einschießenden Wassers nicht mehr beeindrucken. Nach einem Picknick und kurzer Rast stieg ich in den Vierer um.
Martina und Fabian legten von Anfang an ein flottes Tempo vor. Sie setzten sich an die Spitze und versuchten, mit

einer Yacht Schritt zu halten, die plötzlich aus einem Schutzhafen aufgetaucht war. Es war ein Stahlschiff mit Dieselmotor, wie es die Holländer bevorzugen. Avus stand am Bug. Das Schiff machte etwa zehn bis zwölf Kilometer in der Stunde und die beiden fuhren in seinem Kielwasser. So kam es, dass sie als Einzige von uns mit der Yacht schleusten. Zusammen mit einem größeren Schlauchboot, das schon gewartet hatte, war die Kammer voll. Das Tor schloss sich und wir anderen mussten im Unterwasser warten.

Als der Steg des Clubs in Sicht kam, bei dem wir für die Nacht Quartier bestellt hatten, standen die beiden am Ufer. Martina half uns beim Anlegen. Sie sah richtig gut aus, viel besser als in den letzten Wochen. Das Gesicht war von der Sonne leicht gerötet und ihre Augen glänzten. Um den Hals hatte sie jetzt ein blau-weiß kariertes Nickytuch gebunden. Fabian half dem Vati-Kahn beim Anlegen. Er wirkte aufgekratzt, redete viel und lachte etwas unmotiviert.
Der gastgebende Club hatte für ein gutes Abendessen gesorgt. Heiße Rindfleischbrühe, Bratkartoffeln mit Schwenkbraten und Salat, Rote Grütze mit Vanillesauce. Cola und Limo für die Jüngeren, Bier und einige Flaschen Wein für uns Ältere hatte Harry zusammen mit dem übrigen Gepäck, mit Schlafsäcken und Isomatten im Transporter mitgebracht.
Es war noch keine zehn Uhr, als sich bei allen die ersten Ermüdungserscheinungen zeigten. Für die Mädchen gab es einige Campingliegen in einem Zimmer in der ersten Etage des Clubhauses, die Jungen mussten die Abendbrottische zusammenschieben und Decken, Matten und Schlafsäcke auf dem Boden des kleinen Saals ausbreiten.

Martina kam mir auf dem Flur vor der Dusche entgegen, das Handtuch wie einen Turban um die nassen Haare geschlungen. Nur für einen Augenblick, aber ganz deutlich sah ich ihn, den bläulich roten Fleck an ihrem Hals. Mit einer hastigen Bewegung wandte sie sich ab. Sie frottierte ihre Haare, schlang sich das Handtuch um Hals und Schultern und verdeckte die verräterische Spur. Aber es war schon zu spät. Die Bilder des Tages liefen wie ein Film an mir vorbei. Am Morgen, als wir uns trafen, hatte sie dieses Mal noch nicht. Ich war ganz sicher. Auf der Fahrt im Zweier hatte sie vor mir gesessen. Spätestens dann hätte es mir auffallen müssen. Erst am Abend, als Fabian und sie uns am Gaststeg erwarteten, trug sie das blau-weiß gewürfelte Tuch um den Hals.
Als ich selbst aus der Dusche zurückkam, hatte Martina die Decke bis zum Kinn hochgezogen und schien zu schlafen.
Am nächsten Morgen trug sie wieder das Nickytuch.
Nach dem Frühstück packten wir unsere Sachen in den Transporter und trugen die Boote zum Steg. Wortlos stieg Martina in den Vierer zu den Kleinen. Weder Fabian noch ich boten ihr an, sie abzulösen. Sie schien es auch nicht zu erwarten.

Während der ganzen Rückfahrt starrte ich auf Fabians abweisenden Rücken und wartete auf eine Erklärung. Vergeblich. Er sprach kein einziges Wort. Ich war so wütend, dass ich ihm am liebsten den Bootshaken auf den Kopf gedonnert hätte. Erst zu Hause, als wir stumm im Dunkeln nebeneinander im Bett lagen, spürte ich seine Hand auf meinem Arm.

Mach kein Drama daraus, sagte er. Es hat nichts zu bedeuten. Komm, Lena. Vergiss es einfach. Seine Hand wanderte tiefer und versuchte mein Nachthemd hochzuschieben. Ich stieß ihn weg.
Es hat nichts zu bedeuten, höhnte ich. Natürlich nicht! Es ist ja bloß meine beste und einzige Freundin, mit der du da herumgeknutscht hast. Hat nichts zu bedeuten, wenn ich weder dir noch ihr mehr vertrauen kann.
Lena, nun beruhige dich doch.
Ich will mich aber nicht beruhigen! Kaum bist du eine knappe Stunde lang mit ihr allein, da fällst du schon über sie her.
Jetzt halt aber mal die Luft an, Lena. Ich bin nicht über Martina hergefallen. Wie kommst du darauf? Das habe ich wirklich nicht nötig.
Das wird ja immer schöner. Jetzt schiebst es auch noch ihr in die Schuhe, du Mistkerl. Am Ende hat sie dich wohl vergewaltigt, dich gezwungen, sie zu küssen, ihr einen Fleck an den Hals zu saugen und was weiß ich sonst noch.
Ich sprang aus dem Bett, riss mein Kopfkissen an mich und knallte die Schlafzimmertür hinter mir zu. Auf der Couch im Wohnzimmer rollte ich mich in das Wollplaid ein und heulte mich in den Schlaf.

Als ich am Morgen aufwachte, war Fabian schon aus dem Haus gegangen. Auf dem Tisch neben der Couch stand ein Wasserglas mit einer blassroten Rose. Ich kannte diese dicht gefüllte englische Sorte, wie man sie auf alten Gemälden sieht. Sie stammte aus dem Vorgarten von Frau Mensing.
An dem Glas lehnte ein Zettel.
Verzeih mir, Lena, ich bin ein Idiot. Bitte gib mir eine Chan-

ce. Ich warte heute Abend um acht Uhr bei „Nino" auf dich. Dein völlig zerknirschter Fabian.

An diesem Abend schenkte er mir den Ring. Es war ein flacher breiter Goldreif mit einem unregelmäßig geformten Stück Bernstein, eingefasst von einem Kranz winziger Süßwasserperlen. Ein kleines Insekt war in dem honigfarbenen Harz eingeschlossen wie in einem Gefängnis.
Unwiderruflich und für immer gefangen, sagte Florian, so wie du von mir, Lena.
Der Ring war ein wenig zu groß. Bis zu unserem letzten Abend trug ich ihn an meinem rechten Mittelfinger.
Das Wachslicht unter dem Rechaud flackert noch einmal auf, dann erlischt es. Die Ärztin hat die Augen noch immer geschlossen. Vielleicht ist sie eingeschlafen.
Soll ich ein neues Teelicht anzünden, frage ich leise.
Ja, bitte. In der oberen Schublade rechts neben Ihnen ist eine angebrochene Packung. Sie schiebt mir ein Streichholzheftchen zu. Casa moda steht darauf.
Ich weiß nicht, ob ich Sie langweile, sage ich. Soll ich mich kürzer fassen, nicht so viele unwichtige Einzelheiten erzählen?
Nein, nein. Bitte keine Selbstzensur. Alles gehört zusammen. Es gibt keine unwichtigen Einzelheiten.
Sie gießt uns Tee nach. Er schmeckt jetzt intensiver als vorher. Die Ärztin rückt sich wieder in ihrem Sessel zurecht und schließt die Augen. Es ist angenehm, so ins Leere zu sprechen.
Wir hatten uns versöhnt. Aber das Misstrauen blieb. Es steckte in mir wie ein Dorn im Fuß, ließ sich nicht heraus-

ziehen und war bei jedem Schritt zu spüren. Martina und ich gingen uns aus dem Weg. Zwar sahen wir uns zwangsläufig täglich in der Schule und mehrmals in der Woche beim Training. Aber wir sprachen jetzt wie Fremde miteinander. Höflich. Vorsichtig. Über belanglose Dinge. Ich vermisste so sehr unsere frühere Vertrautheit. Aber sie stellte sich nicht mehr ein.

Ich begann, mich öfter mit meiner Mutter zu treffen. Nicht nur an den Donnerstagen, wie bisher, sondern wann immer ich konnte wartete ich nach Dienstschluss vor der Praxis auf sie, trank mit ihr eine Tasse Kaffee und begleitete sie bis nach Hause. Einmal hatte ich das Gefühl, als ob uns jemand beobachtete. Als ich aufsah, bewegte sich die Gardine im Arbeitszimmer meines Vaters.

Warum kommst du nicht wenigstens ein einziges Mal mit herein?, fragte meine Mutter. Er würde sich bestimmt freuen.

Ich schüttelte den Kopf.

Fabians Vater plante eine Geschäftsreise. Zwei Wochen Boston, New York, Philadelphia und New Orleans.

Ich werde mit fliegen, sagte Fabian. Er hat mich gerne dabei, sein Englisch ist ein bisschen altmodisch und eingerostet. Außerdem bespricht er die anstehenden Entscheidungen vorher mit mir. Zum Glück interessiert Irene sich nicht für Geschäfte. Es ist schade, dass du keine Ferien hast. Sonst könntest du auch mitkommen. Irene würde sich garantiert freuen. Sie langweilt sich immer auf solchen Reisen. Mein Vater hat seine Termine, und sie geht nun mal nicht gern allein zum Shopping.

Wer zum Teufel ist Irene?, fragte ich.
Na, die Freundin meines Vaters. Habe ich dir nicht gesagt, dass sie so heißt?
Nein. Hast du nicht. Und warum fliegt sie überhaupt mit, wenn sie es drüben so langweilig findet?
Ich nehme an aus Vorsicht, sagte Fabian. Sie selbst hat meinen Vater bei einer Auslandsreise kennen gelernt.
Ich weiß nicht warum, aber je länger ich über dieses Gespräch nachdachte, umso wütender wurde ich. Wie kam er darauf, dass ich Lust dazu hätte, dieser dusseligen Irene die Zeit zu vertreiben? Wenn die Freundin seines Vaters so stumpfsinnig war, dass sie sich bei einer solchen Reise langweilte, dann war es eine Frechheit, mich mit ihr in einem Atemzug zu nennen. Shopping gehen mit Irene. Dem Betthäschen seines Vaters dabei helfen, sein Geld auszugeben. Ein geschmackloser Vorschlag und auf irgendeine unklare Weise auch eine Beleidigung für seine Mutter. Wieso merkte Fabian das nicht?

Die Maschine ging schon um halb sechs Uhr morgens. Frau Mensing hatte versprochen, Fabian zum Flughafen zu fahren. Im Zweisitzer seines Vaters war kein Platz mehr. Sein Gepäck überforderte das Fassungsvermögen des Kofferraums bei weitem und musste zum größten Teil auf dem winzigen hinteren Notsitz untergebracht werden.
Ich begleitete Fabian zum Auto. Es war stockdunkel und ich fror. Warum kommst du nicht mit zum Flughafen, Lena?, fragte seine Mutter. Wenn du deine Sachen mitnimmst, kann ich dich danach gleich bei deiner Schule absetzen.
Auf der Hinfahrt sprachen wir wenig miteinander. Wir wa-

ren noch müde. Die Scheinwerfer bohrten lange weiße Tunnel in die Dunkelheit. Die Straßen waren fast leer. Nur ganz selten kam uns ein Auto entgegen und tauchte uns für kurze Zeit in sein grelles Licht. Ich lehnte den Kopf an Fabians Schulter. Vierzehn Tage, dachte ich. Vierzehn Tage alleine in der Wohnung. Wir waren noch nie so lange getrennt. Früher, vor der Ruderfahrt, hätte ich Martina eingeladen. Wir hätten uns türkischen Kaffee gekocht, Unmengen von gefüllten Schokoladenkeksen gegessen und die halbe Nacht über Gott und die Welt geredet. Das ging jetzt nicht mehr. Ich seufzte. Fabian drückte mich fester an sich.
Als ich aufwachte, bog der Wagen gerade in den gekennzeichneten Bereich der Kurzzeitparkplätze ein.
Fabian holte seinen Koffer und die Bordtasche und umarmte seine Mutter zum Abschied. Pass gut auf dich auf, sagte er, und auch auf Lena, damit sie keine Dummheiten macht. Frau Mensing küsste ihn auf beide Wangen, hielt ihn noch einen Augenblick fest an sich gedrückt.
Ich warte hier auf dich, Lena, sagte sie. Ihr wollt sicher bis zum Abflug zusammen sein und euch in Ruhe verabschieden.
Warum kommen Sie nicht mit in die Halle, fragte ich. Ich meine, Sie sollen nicht denken, dass Sie uns stören.
Sie schüttelte den Kopf. Nein, nein, Lena. Mach dir keine Sorgen, es ist schon in Ordnung so.

Wir sind am Blumenstand verabredet, sagte Fabian, nachdem er den Koffer aufgegeben und seine Bordkarte in die Innentasche seines Mantels gesteckt hatte. Da drüben sind die beiden ja schon.

Ich war Fabians Vater bisher noch nicht begegnet. Ich kannte ihn nur von einem Foto. Darauf war er allerdings noch sehr viel jünger. Herr Mensing war kein schöner Mann. Wahrscheinlich war er das auch nie gewesen. Seine große, überschlanke Gestalt wirkte ein wenig unbeholfen. Er hielt sich schlecht, wie viele hochgewachsene Männer, die immer aussehen, als ob sie sich kleiner machen wollten. Der schmale, lange Schädel mit den spärlichen Haaren, das kluge Pferdegesicht mit den starken, unregelmäßigen Zähnen, die gebogene große Nase mit der auf die Spitze vorgerutschten Lesebrille – alle diese Details waren hässlich. Als er Fabian sah, belebte und veränderte sich sein Gesicht auf verblüffende Weise. Er kam mit weit ausgebreiteten Armen auf seinen Sohn zu, und plötzlich schien er mir einer der attraktivsten Männer zu sein, die ich je gesehen hatte.
Sie sind also Lena, sagte er, nachdem er seinen Sohn umarmt hatte, und musterte mich aufmerksam. Fabian hat sie schlecht beschrieben. Sie sind sehr viel schöner, als ich dachte.
Ich wusste nicht, was ich darauf antworten sollte. Also lächelte ich. Das passt immer.
Das ist Frau Wilhelmy, sagte Herr Mensing und wandte sich zu seiner Begleiterin um.
Angenehm, murmelte ich und wusste nicht, ob ich enttäuscht oder erleichtert war. Irene war so völlig anders, als ich sie mir vorgestellt hatte. Was fand Fabians Vater an dieser Frau? Sie war mittelgroß, mittelschlank, mittelblond. Eigentlich war alles an ihr mittel. Sie war jung, aber nicht so jung, wie ich gedacht hatte. Sie war der Typ Frau, den man sofort wieder vergisst. Nichts an ihr war auffallend oder be-

sonders reizvoll. Ich stellte mir Fabians makellos elegante und perfekt gepflegte Mutter neben ihr vor. Ich begriff es einfach nicht. Was hatte dieses biedere Pummelchen, was sie nicht hatte?

Wir versuchten uns in Smalltalk. Ich hasse diese Momente auf Flughäfen und Bahnhöfen. Sie sind zu lang und zu kurz. Fabian und sein Vater bestritten den größten Teil des Gesprächs.
Fabian hatte seinen Arm um meine Schulter gelegt und Irene hatte sich bei seinem Vater eingehängt. Im Schaufenster des Blumenladens sah ich unser Spiegelbild. Zwei Paare. Ich verstand, warum Frau Mensing im Auto geblieben war.
Wie schade, dass Sie nicht mitkommen können, sagte Fabians Vater. Vor allem New Orleans würde Ihnen gefallen. Von Fabian weiß ich, dass Sie den traditionellen Südstaatenjazz lieben.
Das ist die Musik, die Sie an Ihrem ersten Abend mit Fabian gehört haben, oder?, fragte Irene. Ihre Stimme klang schüchtern und ein bisschen flach, wie bei einem kleinen Mädchen. Bei uns war es ein Salonorchester in einem Budapester Caféhaus. Sie spielten uralte Operettenschlager. Erinnerst du dich noch, Liebling? Sie drückte zärtlich den Arm von Fabians Vater. Er beugte sich zu ihr hinunter und berührte mit seinen Lippen leicht ihre runde, glatte Wange. Wie könnte ich das vergessen, Liebling, sagte er und lächelte auf sie hinunter. Und wieder begriff ich nicht, was er an ihr fand und was ihn so unwiderstehlich machte.

Als ich zum Auto zurückkam, sah ich, dass Frau Mensing

eingeschlafen war. Ich betrachtete sie einen Augenblick. Selbst im Schlaf wirkten ihre Gesichtszüge noch angespannt und kontrolliert. Ich klopfte leicht gegen die Scheibe und sie erwachte sofort.
Die Autobahn war immer noch erstaunlich leer. Wir kamen schneller voran, als wir geplant hatten, und als wir in die Ausfahrt zur Stadtmitte einbogen, hatte ich noch mehr als eine Stunde Zeit bis zum Unterrichtsbeginn.
Hättest du vielleicht Lust, mit mir zu frühstücken, Lena, fragte Fabians Mutter. Ich kenne ein kleines Bistro in unserer Nachbarschaft. Aber natürlich nur, wenn du …
Eine gute Idee. Ich komme gerne mit.
Guten Morgen, sagte die Kellnerin, Ihr Tisch am Fenster ist noch frei. Das Gleiche wie immer? Und was darf ich dem Fräulein Tochter bringen?
Wir lachten.
Entschuldigung, sagte die Serviererin, Sie sind nicht die Tochter?
Leider nicht, sagte Frau Mensing, ich habe nur Söhne.
Ich auch. Von denen hat man nicht viel zu erwarten, wenn sie erst mal erwachsen sind. Ist das mit Töchtern anders?
Ich fürchte nein, sagte ich.

Die Kellnerin brachte das Frühstück. Schwarzen Kaffee und ein Croissant für Frau Mensing. Heiße Schokolade, zwei Schinkenbrötchen und ein Hörnchen mit Honig für mich. Es schmeckte wunderbar. Die Wärme und die gemütliche Atmosphäre des Raums entspannten uns. Zum ersten Mal sprachen wir miteinander ohne Vorsicht und gegenseitiges Belauern. Einfach so. Über freundliche Belanglosigkeiten.

Über Kais letztes Telefonat aus Paris, über seine Schwierigkeiten mit der Wohnungssuche. Über die Schule. Über die Leute im Ruderverein. Über Fabians Reise.
Ist sie auch mitgeflogen?
Ja, sagte ich. Und ich begreife nicht, was er an ihr findet. Im Vergleich zu Ihnen ist sie ein Nichts.
Fabians Mutter errötete. Sie sah jetzt aus wie ein junges Mädchen.
Danke, Lena, wie lieb von dir. Sie wischte sich ein unsichtbares Stäubchen vom Rock. Es tut mir übrigens leid, dass ich am Anfang so unfreundlich und abweisend zu dir war. Das wollte ich dir schon lange einmal sagen.
Ist schon gut, sagte ich großzügig und strich mir reichlich Butter und Honig auf mein Hörnchen. Fabian hat mir erzählt, wie sehr Sie Claudia mochten.
Claudia? Sagt Fabian das? Um Himmels willen, wie kommt er darauf? Ich konnte Claudia nicht ausstehen. Sie ist eine unerträgliche Perfektionistin. Sie ist noch schlimmer als ich selbst.
Sie lachte. Das Leben ist voll von Missverständnissen. Hast du übrigens noch Hunger? Soll ich dir noch etwas bestellen? Wie sind diese Honighörnchen? Ich glaube, ich nehme auch eines davon. Es macht einfach mehr Spaß, wenn man nicht alleine frühstücken muss.
Wir könnten in den nächsten vierzehn Tagen zusammen frühstücken, schlug ich vor. An den geraden Tagen bei Ihnen, an den ungeraden bei mir. Ich meine, bei Fabian.
Kommt gar nicht in Frage, Lena. Du musst zur Schule, und ich habe jede Menge Zeit, manchmal mehr, als mir lieb ist. Du kommst zu mir. Natürlich nur, wenn du möchtest …

In diesen vierzehn Tagen kamen wir uns näher, als ich es jemals für möglich gehalten hätte.
Ich erzählte ihr von meinen Eltern, von dem Streit mit meinem Vater, von seinen Problemen mit der frühzeitigen Pensionierung. Sie fragte mich nach meinen Zukunftsplänen. Ich weiß es noch nicht genau, sagte ich. Vielleicht irgendetwas im medizinischen Bereich.
Sie zeigte mir Kinderbilder von Fabian. Als Säugling auf dem Arm seiner Großmutter, bei der Taufe in einem spitzenbesetzten Steckkissen, das Einschulungsfoto mit der Schultüte, das Erstkommunionbild mit Kerze und Gebetbuch.
Und dann kam das Familienfoto. Sie verstand nicht, warum ich lachen musste. Es war die klassische Variante, wenn auch das Dreieck hier ein wenig unregelmäßig war. Frau Mensing, mit einem noch rundlichen, ernsthaften Mädchengesicht, saß mit vorgeschobenem rechten Fuß auf einem Messingstuhl mit verschnörkelter Lehne. Hinter ihr stand ihr Mann, unverkennbar das kluge Pferdegesicht, links, halb vor ihm, Fabian in kurzen Hosen, weißem Hemd und dunkler Fliege. Die rechte Hand seines Vaters lag auf seiner Schulter, die andere umfasste die Rückenlehne des Messingstuhls. Fabian lächelte zu seinem Vater hinauf. Das Baby auf dem Schoß der Mutter war Kai, schon jetzt deutlich zu erkennen an seinen ungewöhnlich dichten Locken und den runden Augen. Seine gut gepolsterte kleine Faust griff energisch nach der Perlenkette seiner Mutter.
Ich erklärte Frau Mensing meine Theorie über die Aussagekraft von Familienfotografien.
Sie schüttelte nachdenklich den Kopf. Das ist alles nur Fassade, sagte sie, eine Selbstinszenierung für die Öffentlichkeit.

Glaub mir, Lena, die wirklichen Beziehungen und Machtverhältnisse innerhalb einer Familie erkennt man erst, wenn eine Krise eintritt.

Das plötzliche Schrillen der Klingel lässt uns gleichzeitig auffahren. Auf der Wandtafel blinkt ein Licht unter der Nummer 212. Die Ärztin springt vom Sessel hoch, schlüpft in ihre Schuhe und stürzt auf den Flur, noch bevor ich begriffen habe, worum es geht. Die Türe hat sie offen gelassen. Meine Füße sind kalt. Ich stehe auf und gehe ein bisschen herum, bewege die verkrampften Schultern. Vom Flur her ist wieder dieses unablässige Jammern zu hören. Ich schließe die Tür.

Wie feige ich bin. Umständlich und zögernd nähere ich mich dem entscheidenden Punkt, weiche wieder zurück, beginne von vorne. In großen Kreisen, auf heilsamen Abstand bedacht, bewege ich mich in sicheren Zonen. Ich werbe um das Verständnis dieser Frau, noch bevor ich ihr gesagt habe, was es zu verstehen gibt. Sobald es hell ist, werde ich gehen und sie nie wieder sehen. Und trotzdem beginne ich zu wünschen, dass sie mich nicht verurteilt. Auch dieses Mal mache ich mich abhängig von fremder Zustimmung. Werde ich das denn nie lernen? Mich frei zu entscheiden, ohne Angst vor Ablehnung? Meiner eigenen inneren Stimme zu folgen? Keine falschen Rücksichten zu nehmen? Aber wie erkenne ich die eigene, richtige Stimme in dem Gewirr all der drängenden, fordernden, verführenden, beschwichtigenden fremden Stimmen? Und wer kann mir sagen, welche Rücksichten richtig und welche falsch sind?

Seit damals habe ich Angst vor Entscheidungen. Niemals hätte ich gedacht, dass sie so tödlich ernst werden könnten. Alles wäre anders gekommen, wenn ich ihm meinen Helm gegeben hätte. Diese eine falsche Entscheidung, aus Eifersucht und Misstrauen getroffen, hat das Leben Fabians und das seiner Familie zerstört. Wäre es nicht nur gerecht, wenn sie auch meines zerstörte? Ich bin zwar nicht der Grund der Katastrophe, aber ihr Auslöser. Niemand wird einsehen, warum ich mit heiler Haut davonkommen sollte. Nicht einmal ich selbst.

Von draußen ist die Sirene eines Krankenwagens zu hören. Sie kommt näher. Ich gehe ans Fenster. Das Auto stoppt unmittelbar vor dem Eingang. Zwei Sanitäter springen rechts und links aus der Fahrerkabine und öffnen die hinteren Türen. Eine Trage rollt heraus. Die angeschnallte Gestalt unter der Wolldecke liegt regungslos. Ein Arzt mit umgehängtem Stethoskop und hochgehaltener Infusionsflasche läuft neben den Sanitätern her. Sie verschwinden in der Eingangshalle.

Routine. Viele Male. Bei Tag und Nacht, an Werktagen und am Wochenende. Besonders an den Wochenenden. Wenn die Discos schließen. Auch damals muss es so gewesen sein. Nur mit einem kleinen Unterschied: zwei Krankenwagen, zwei Tragen, zwei bewegungslose Gestalten unter den Wolldecken. Eine davon wird sich nie wieder alleine bewegen können.

Zum ersten Mal, seit ich gekommen bin, sehe ich mir den Raum genauer an. Es herrscht eine erstaunliche Unordnung, eine liebenswürdige Nachlässigkeit, die ich in einem Ärztezimmer nicht vermutet hätte. An den Wänden Einsatzpläne, Tabellen und medizinische Darstellungen des Gehirns, des Rückgrats und der Sinnesorgane, Ansichtskarten, Bleistiftzeichnungen und zwei naive Aquarelle, kleine Andenken, ein blauer Bär mit einem Schwesternhäubchen, ein Kranz aus getrockneten Hortensienblüten, ein großes Lebkuchenherz mit einer Girlande aus Zuckerguss. In einem Regal steht eine Batterie verschiedener Tassen und Kaffeebecher, eine Zuckerdose mit Goldrand und Streublümchen und eine angebrochene Dose Kondensmilch.

Auf den Metallschränken mit den herausziehbaren Karteitrögen verwelken Blumensträuße in Marmeladengläsern und Plastikvasen. Eine einzelne Orchidee steckt in einem Reagenzglas, das jemand mit Leukoplast an der gefliesten Wand neben dem Waschbecken befestigt hat.

Die große Schreibfläche besteht aus vier zusammengeschobenen quadratischen Tischen. Darunter stehen Rollcontainer mit mehreren Schubfächern. Stapel von Akten liegen auf dem Tisch, braune Papierhüllen mit Röntgenbildern, in der Mitte Nachschlagewerke und einige Stehordner mit Fachzeitschriften.

Dazwischen gibt es verstreute persönliche Spuren der Leute, die sich dieses Zimmer teilen. Ein Aschenbecher aus glasiertem Ton mit einem kleinen Igel am Rand. Einen ganz ähnlichen habe ich auch einmal gemacht. Zum Geburtstag meines Vaters. Er benutzt ihn immer noch. Eine kleine ovale Standuhr aus poliertem Wurzelholz. Ein Tabakbeutel und ein Lederetui mit Pfeifen und Reinigungsbesteck. Eine Glaskugel mit einem Reh im Winterwald. Das Foto des kleinen Andreas. Ich nehme es in die Hand. Das runde Gesicht ist rosig, die dunklen Augen klar und weit geöffnet. Er lacht. Die kräftigen Zähne sind überraschend groß in seinem Kindermund.

Die Ärztin kommt herein. Hastig stelle ich das Bild auf seinen Platz zurück. Es fällt um. Entschuldigung. Ich wollte nicht ... ich meine, er sieht so lebendig aus, so gesund. Nicht, als ob er bald sterben müsste.
Sie nimmt das Foto in die Hand. Er ist ertrunken, sagt sie. Es war ein winziger Moment der Unachtsamkeit. Als wir ihn unter dem Eis herauszogen, war es zu spät. Wir konnten ihn nicht wiederbeleben.
Sie fährt mit den Fingerspitzen zärtlich über das helle Holz des Bilderrahmens.
Ein einziger Fehler und alles war vorbei. Keine Selbstanklagen, keine Reue, keine gegenseitigen Vorwürfe – nichts hat ihn zurückgebracht. Wir mussten lernen, damit zu leben.
Kann man das lernen?, frage ich.
Sie nickt.
Und wie lange braucht man dazu?
Sie geht zum Fenster und lehnt den Kopf an die Scheibe.
Ich weiß es nicht. Ich versuche es seit vier Jahren. Heute morgen, auf dem Weg zur Klinik, sah ich Kinder mit Schultüten an der Hand ihrer Mütter. Mir fiel ein, dass ich Andreas heute zum ersten Mal zur Schule gebracht hätte. Und plötzlich dachte ich, dass ich es niemals schaffen werde.
Die Ärztin streicht sich die Haare hinter die Ohren und kommt zurück zum Schreibtisch. Sie stützt sich schwer mit beiden Händen darauf.
Es tut mir leid, sagt sie. Ich habe Sie mit meinen eigenen

Problemen belastet und damit eine wichtige Regel gebrochen. Es gibt hier im Haus einen sehr netten Kollegen. Wenn Sie einverstanden sind, werde ich ihn gleich morgen früh bitten, das Gespräch mit Ihnen fortzusetzen.
Nein. Bitte keinen Kollegen. Keinen dieser kühlen beherrschten Profis. Morgen früh reise ich ab. In ein paar Stunden geht schon die Sonne auf. Ich will keine Therapie. Ich will Ihnen einfach alles erzählen. So wie ich es früher Martina erzählt hätte. Ich bin froh, dass Sie von sich selbst gesprochen haben. Das macht es leichter für mich. Hören Sie mir einfach noch ein bisschen zu. Bitte!
Ich warte, bis sie sich wieder in ihrer Sesselecke zurecht gekuschelt hat, die Arme um die hochgezogenen Knie geschlungen, die Augen geschlossen.
Erst dann beginne ich zu sprechen.

Fabian war zurück. Die Reise hatte ihn aufgekratzt. Ich fand ihn verändert. Unruhiger. Lauter. Er trank auch mehr als sonst. Wenn er mich umarmte, wenn wir miteinander schliefen, vermisste ich seine Zärtlichkeit. Er war hart, rasch und schweigsam.
Ich hatte gedacht, dass er sich über mein gutes Verhältnis zu seiner Mutter freuen würde. Das stimmte nicht. Im Gegenteil. Ich mag es nicht, wenn ihr Weiber so familiär herumgluckt, sagte er. Ich begriff nicht, was ihn so reizbar machte.
Zum Anfang der Semesterferien hatte er zwei wichtige Klausuren geschrieben. Eine über Investitionsplanung und eine über Marketing-Organisation und -Controlling. Ich glaube, die habe ich versiebt, sagte er, als ich ihn nach der ersten von der Uni abholte. Die zweite wollte er eigentlich schon gar nicht mehr mitschreiben. Aber ich hatte ihn gedrängt, es wenigstens zu versuchen.
Und wenn ich die auch noch vergeige?
Macht nichts, dann kennt der Professor dich beim nächsten Mal wenigstens schon.
Du hast eine merkwürdige Art von Humor, sagte Fabian.

Jetzt, zum Beginn des Sommersemesters, wurden die Listen mit den Ergebnissen ausgehängt. Wollen wir hinfahren und nachsehen?, fragte ich ihn einige Tage nach seiner Rückkehr.

Nein! Er schrie förmlich. Nein! Ich hasse deine ewigen Einmischungen in meine Angelegenheiten. Wenn ich meine Ergebnisse wissen will, werde ich mich schon selbst darum kümmern. Vielleicht breche ich ja das Studium sowieso ab. Mein Vater will nächstes Jahr eine Niederlassung in Boston eröffnen. Wenn ich nicht selbst einsteige, muss er einen anderen finden. Und was ist, wenn der gut einschlägt? Dann bin ich draußen. Außerdem fragt mich drüben keiner nach einem Universitätsabschluss. Da gilt nur das, was man leistet.
Ich begann zu begreifen. Er plante seine Zukunft, und ich kam darin gar nicht mehr vor. Seine Angelegenheiten. Seine Ergebnisse. Sein Einstieg in Boston. Was war mit mir?

Kai kam für eine Woche aus Paris zu Besuch. Er hatte sich nicht verändert. Vom ersten Augenblick an fanden wir wieder zu dem vertrauten Ton.
Was ist los mit dir, Lena, sagte er. Du siehst aus wie ein Huhn, wenn's donnert. Liegt es an der Königinmutter? Oder an Fabian? Soll ich meinem großen Bruder mal die Optik verbiegen? Oder willst du nicht lieber gleich den Kleinen nehmen, den mit dem Cello und der Traumwohnung in Paris?
Ich lachte, und Kai knuffte mich freundschaftlich in die Seite. Du nimmst mich nicht ernst, Lena, sagte er. Außerdem hockst du zu viel zu Hause. Das tut euch beiden nicht gut. Vielleicht ist es nicht fair meinem Bruder gegenüber, aber ich sage es dir trotzdem. Du bist zu jung, um dich schon so anbinden zu lassen. Und mach dir nichts vor. Fabian ist nicht der Mann, der die Bemühungen eines Hausmütter-

chens prämiiert. Er ist eher der Typ Jäger und Sammler. Du musst dich bewegen, Lena, Flucht simulieren, dann reagiert er prompt. Das kannst du mir glauben, ich habe ihn jahrelang studiert und dabei manchen Kratzer abbekommen. Sagt dir der Name Claudia etwas?

Ich nickte. Die Perfekte, die Barbiepuppe, die deine Mutter angeblich so sehr mochte. Was ist mit ihr?

Das war meine erste Liebe. Völlig aussichtslos natürlich. In mehrfacher Hinsicht sogar. Aber das wusste ich damals noch nicht. Nur eines wusste ich: Fabian konnte sie nicht ausstehen. Vielleicht war das sogar der Grund dafür, dass ich mich für sie interessierte. Endlich etwas, worauf er nicht zuerst seine Hand gelegt hatte. Aber was soll ich dir sagen? Kaum hatte ich es geschafft, mich zum ersten Mal mit ihr zu verabreden, da tauchte auch schon mein großer Bruder auf der Bildfläche auf. Komplimente, ein nächtlicher Anruf, Blumen, Einladung zum Essen – das ganze Repertoire, das er so drauf hat und das ich auch jetzt noch nicht ausstehen kann – und schon ging Claudia mit fliegenden Fahnen zur Gegenseite über.

Erst viel später wurde mir klar, dass sie mich nur als Köder für den Fisch benutzt hat, den sie in Wirklichkeit angeln wollte: Fabian, den großen Macher, Papis Kronprinz und Mamis Liebling.

Ach komm, Kai, sagte ich und versuchte energisch, die Erinnerung an meinen ersten Abend mit Fabian, an den nächtlichen Anruf, die Blumen und die Einladung zurückzudrängen, jetzt übertreibst du aber wirklich. Mamis Liebling, das ist doch eindeutig deine Rolle.

Er lächelte ein bisschen schief. Du durchschaust das noch

nicht ganz, Lena. Ich bin bloß die zweite Wahl. Außer Konkurrenz sozusagen. Die Kür nach der Pflicht. Deshalb kann ich auch so etwas Brotloses machen wie Musik. Kommt ja nicht drauf an, womit der Kleine sich die Zeit vertreibt. War ja immer schon etwas wunderlich, das Kerlchen. Nicht ganz lebenstüchtig.
Du bist ungerecht, sagte ich. Deine Mutter unterstützt dich in jeder Hinsicht. Und dein Vater finanziert dich mehr als großzügig. Oder etwa nicht?
Ja. Das macht er. Aber denkst du, er ist auch nur ein einziges Mal zu einem meiner Auftritte gekommen?
Er ist eben sehr beschäftigt. Ich merkte selbst, wie lahm das klang.
Lass stecken, Lena. Als Fabian mit seinem Handballverein um den Aufstieg in die Oberliga kämpfte, da hatte er Zeit.

Der Vorschlag, nach dem Training noch zusammen zur Disco zu fahren, kam von Lilian. Sie hatte auf der Wanderfahrt Fotos gemacht. Fast drei Filme hatte sie verschossen. Jetzt waren die Abzüge fertig.
Wir trafen uns im Clubhaus, nachdem wir die Boote wieder in der Halle untergebracht und uns geduscht und umgezogen hatten. Lilian ließ die Bilder herumgehen, und wir notierten auf einem Zettel hinter der Nummer der Aufnahmen, welche und wie viele sie für uns nachbestellen sollte. Lilian fotografierte sehr gut. Das klare Licht des frühen Frühlingstages, die sanften Linien der auslaufenden Wellen am Ufer, die strenge Symmetrie der exakt gleichzeitig eintauchenden Skulls unseres Vati-Kahns, der dunkel gähnende Schacht der offen stehenden Bootsschleuse – all das hatte sie perfekt

erfasst. Ich wollte kaum eines ihrer Bilder missen und kreuzte fast alle an. Fabian bestellte nur wenige, eines vom gemeinsamen Ablegen am Morgen, eines, das den Anfänger-Vierer vor der ersten Schleuse zeigte, und zwei, auf denen wir beide gut getroffen waren. Und dann, ganz schnell und wie nebenbei, bevor er die Liste zu Thomas weiterschob, noch eines: Martina, die uns auf dem Gaststeg erwartete. Martina mit von der Sonne oder von was auch immer gerötetem Gesicht und mit dem Nickytuch um den Hals.

Die Disco fand auf dem Gelände einer ehemaligen Druckerei statt. Früher war hier eine regionale Zeitung gedruckt worden. Das war schon einige Jahre her. Gegen die große Konkurrenz konnte sie sich nicht halten. Zuerst stagnierte das Anzeigengeschäft, dann gingen die Abonnentenzahlen zurück. Schließlich blieb nur noch der Konkurs. Die Halle war riesig. Wo früher die Rotationsmaschine gestanden hatte, war jetzt die Tanzfläche, ein stumpfer Betonboden, mit grauer Farbe überzogen, die in der Mitte bereits abblätterte. Über Treppen erreichte man eine Art Galerie, die sich in etwa zwei Metern Höhe rund um die Halle zog. An der Stirnwand waren hier die Musikanlage und das Mischpult des Discjockeys untergebracht, an den Seiten standen halbkreisförmige Tische an den weiß gekalkten Wänden. Die Galerie war der bevorzugte Treffpunkt für stille Beobachter, Suchende und Pärchen.
Die Halle, in der an fast jedem Wochenende eine Disco veranstaltet wurde, lag im Industriegebiet, etwa sechs Kilometer vom Stadtkern entfernt. Hier gab es keine Beschwerden der Nachbarn wegen Lärmbelästigung, weil es keine Nach-

barn gab. Am Abend, wenn die Arbeiter und Angestellten der etwa ein Dutzend Betriebe Feierabend hatten, wenn die letzten Laster be- und entladen waren und der letzte Tieflader sich über die atemberaubenden Serpentinen aus dem Talkessel bis zum Autobahnzubringer hochgeschnauft hatte, lag das Gelände wie ausgestorben.
Wir fuhren mit mehreren Autos. Fabian und ich waren mit dem Motorrad gekommen. Martina stieg in die Rostlaube von Michael aus dem Vati-Kahn.
Was hältst du davon, wenn ich Kai anrufe?, fragte ich Fabian. Vielleicht hat er ja auch Lust mitzukommen.
Kai ist übers Wochenende zu einem Freund nach München gefahren, sagte er, und versuch bitte nicht, aus allem einen Familienausflug zu machen. Ich kann das nicht ausstehen.

An diesem Samstagabend war das Publikum in der Disco deutlich älter als sonst. Das fiel mir sofort auf.
Ein Glück, brummte Fabian, heute ist Oldies-night. Wenn diese superfitten Raverkids hier herumzappeln, kriege ich Komplexe. Da habe ich das Gefühl, dass mir langsam die Haare ausgehen und ich den Bauch einziehen muss.
Er arbeitete sich zur Theke vor. Ich brauche einen doppelten Wodka, sagte er. Du auch?
Nein, danke. Nicht bei dieser Hitze. Ich nehme eine Cola mit ganz viel Eis.
Der junge Mann hinter dem Tresen arbeitete mit atemberaubender Schnelligkeit. Apfelsaftflasche öffnen und zur Hälfte in ein Longdrinkglas füllen, Pils nachzapfen, Wodka in ein dickwandiges Wasserglas gießen, den Apfelsaft mit Mineralwasser auffüllen, eine Handvoll Eiswürfel in ein Colaglas

werfen, noch einmal Pils auffüllen, Cola eingießen, Pils und Apfelsaftschorle abrechnen, Zitronenscheibe in die Cola. Neues Pils zapfen. Zwei Weizenbiergläser ausspülen. Cola und Wodka kassieren.

Geben Sie mir gleich noch mal dasselbe, sagte Fabian und schob dem jungen Mann sein leeres Glas zu.

Nicht so schnell. Ich legte meine Hand auf seinen Arm. Du musst doch noch fahren. Oder wollen wir ein Taxi nehmen?

Nein, Mutti, ich trinke nicht so schnell, sagte er wütend und seine Augen zogen sich zu schmalen Schlitzen zusammen. Nicht bei dieser Hitze, denn wir müssen ja noch fahren und wollen kein Taxi nehmen.

Er schüttelte meine Hand ab, reichte dem jungen Mann einen Schein über den Tresen und verschwand mit dem neuen Glas in der Hand zwischen den Tanzenden.

Der Abend war für mich zu Ende, noch bevor er richtig begonnen hatte. Am liebsten wäre ich gegangen. Wo war Michael? Er hatte gesagt, dass er nur kurz bleiben wollte. Vielleicht nahm er mich mit zurück in die Stadt. Ich fand ihn nicht. Statt dessen steuerte Muharrem auf mich zu. Endlich mal solo, sagte er, schlug mir kameradschaftlich zwischen die Schulterblätter und zog mich auf die Tanzfläche. Das muss ausgenutzt werden. Erst recht bei diesen schönen alten Schleichern. Was ist das eigentlich? Kuschelrock oder so was ähnliches?

Weißt du, wo Michael ist, fragte ich.

Nö, aber ich glaube, der ist schon weg, sagte Muharrem.

Und jetzt, Freunde, sülzte der Discjockey, etwas für einsame Herzen. Eine Musik zum Träumen und zum Anfassen. Da wird auch die härteste Braut ganz soft. Schließt die Augen, Leute. Ich dimme für euch die Nachttischlampen.

Die Scheinwerfer in der Halle verloschen bis auf einen einzigen, dessen Lichtkegel wie betrunken über die tanzende Menge geisterte und die Gesichter, die von ihm erfasst wurden, in ein mattes Rot tauchte. Es machte mir Spaß, mit Muharrem zu tanzen. Ich spürte, wie ich mich langsam entspannte. Er war so groß und sicher, so unkompliziert und so angenehm anzufühlen. Ich schloss wirklich die Augen und überließ mich der Musik. Nicht denken, dachte ich. Einfach nur tanzen. Sich führen lassen, sich festhalten lassen von diesem freundlichen großen Jungen.
Ich vergaß meinen Ärger. Ich vergaß Fabian. Ich tanzte mit Muharrem, dann mit Thomas, mit Dominik aus meiner Parallelklasse, dann wieder mit Muharrem. Einmal glaubte ich, von weitem Fabian und Martina unter den Paaren zu erkennen. Aber ich war nicht sicher. Die Beleuchtung war zu schwach. Und es war mir auch gleichgültig. Dachte ich.

Die große Fabrikuhr an der Stirnwand der Halle zeigte auf halb eins. Auf dem Weg zur Toilette hielt mich jemand von hinten fest. Es war Fabian. Er sagte etwas, aber ich verstand ihn nicht. Der hysterische Diskant des Discjockeys und der hämmernde Rhythmus der Rolling Stones waren stärker.
Was hast du gesagt?, schrie ich.
Ob ich mal deinen Motorradhelm haben kann, brüllte Fabian. Er hielt ein halbvolles Tequilaglas in der Hand, und sein Atem war eine einzige Alkoholwolke. Ich zog ihn am Hemdsärmel ein Stück weiter in den Gang. Hier war es etwas ruhiger.
Was willst du denn mit meinem Helm?
Jemanden nach Hause fahren, nuschelte er und stützte sich

mit einer Hand an der Wand ab. Falls du nichts dagegen hast, Mutti. Du brauchst dir keine Sorgen zu machen. Bubi kommt auch gleich wieder zu dir zurück.
Er kippte den Rest Tequila hinunter und versuchte, das leere Glas auf einem kleinen Mauervorsprung abzusetzen. Es kippte und zerklirrte auf dem Betonboden. Eine der Scherben prallte gegen mein Schienbein. Aus der Laufmasche in meinem Strumpf sickerten ein paar Blutstropfen.
Fabian, sagte ich, und versuchte, meine Wut unter Kontrolle zu halten, du kannst nicht mehr fahren. Es wäre viel zu gefährlich. Du hast zu viel getrunken. Das ist ja nicht weiter schlimm, aber gib mir jetzt bitte den Motorradschlüssel. Ich werde uns ein Taxi bestellen, und wir nehmen die Person mit, die du heimfahren wolltest. Wer ist es eigentlich?
Das geht dich einen Dreck an, brüllte er. Soweit sind wir noch nicht, dass ich mich vor dir rechtfertigen muss. Soweit sind wir noch lange nicht, Lena.
Fabian, sagte ich, nun beruhige dich doch. Natürlich musst du dich nicht vor mir rechtfertigen. Warum streiten wir uns eigentlich? Wir sind beide müde. Lass uns nach Hause fahren.
Ich will aber nicht nach Hause. Ich will hier bleiben und mich amüsieren. Deinen blöden Helm kannst du behalten. Ich brauche ihn nicht. Und außerdem kann ich noch ausgezeichnet fahren, hörst du? Ausgezeichnet. Von dir lasse ich mir keine Vorschriften machen. Überhaupt keine. Verstehst du mich?
In diesem Augenblick sah ich Martina. Sie stand alleine an der Theke und sah zu uns hinüber. Als sich unsere Blicke begegneten, wandte sie sich ab. Auf einmal war mir alles klar.

Martina war mit Michael gekommen, und der war schon weg. Jetzt wollte Fabian sie nach Hause fahren. Natürlich. Das sparte Zeit, nächtliche Anrufe, Blumen und Einladung. Für wie dumm hältst du mich eigentlich?, schrie ich und hämmerte mit beiden Fäusten auf ihn ein. Du glaubst doch nicht im Ernst, dass Martina zu so einer wandelnden Schnapsflasche auf den Sozius steigt. Schon gar nicht ohne Helm, denn den kriegt sie von mir auf gar keinen Fall. Gib mir jetzt endlich den Schlüssel. Du kannst nicht mehr fahren.

Lass mich in Ruhe, Lena, zischte Fabian. Ich weiß selbst, was für mich am besten ist. Wenn ich mit meinem Motorrad fahren will, dann fahre ich eben mit meinem Motorrad. Und wenn ich Martina heimbringen will, dann bringe ich sie heim. Basta. Ich bin nicht mit dir verheiratet. Wann wirst du das endlich begreifen?

In diesem Augenblick verlor ich die Beherrschung. All die Kränkungen und Lieblosigkeiten der letzten Wochen, all die lange unterdrückte Wut stiegen wie eine heiße Welle in mir hoch und überschwemmten mein Gehirn. Ich spürte eine fast übermächtige Lust, mitten in diese vom Alkohol gerötete und verquollene Visage zu schlagen, irgendetwas zu zerschmeißen, am liebsten alles ringsum kurz und klein zu hauen. Ich zerrte mir den Ring mit dem Bernstein vom Finger und warf ihn Fabian ins Gesicht. Er traf ihn am Mundwinkel, fiel auf den Betonboden und rollte unter einen Stapel von Bier- und Limonadekisten.

Mach doch von mir aus, was du willst, du Idiot, schrie ich. Fahr doch! Fahr endlich! Fahr von mir aus gegen den nächsten Baum und brich dir deinen verdammten Hals!

Ich hastete den Gang entlang in den Waschraum der Toilette. Ich hielt mich am Waschbecken fest. Mein Gesicht in dem fleckigen Spiegel sah gespenstisch aus. Die von Tränen verschmierte Wimperntusche malte mir schwarze Ringe um die Augen und mein Mund war vom Schluchzen verzerrt. Lena, murmelte ich meinem Spiegelbild zu, sieh dich an. Wie lange willst du dir das noch bieten lassen? Es ist doch längst zu Ende. Zieh endlich einen Schlussstrich.
Als die Türklinke heruntergedrückt wurde, verschwand ich rasch in einer der Toilettenkabinen. Falls es Martina war, dann sollte sie mich so auf keinen Fall sehen. Es war nicht Martina. Es waren zwei Mädchen, die ich nicht kannte. Ich hörte, wie sie sich unterhielten. Als sie gegangen waren, wusch ich mein Gesicht mit kaltem Wasser und entfernte mit meinem Taschentuch so gut es ging die Spuren der Wimperntusche.

Die Münzfernsprecher und der Ausgang lagen am anderen Ende der Halle. Mit gesenktem Kopf drängte ich mich durch die Tanzenden und hoffte, niemandem zu begegnen, der mich kannte. Es gelang. Ich kramte den Garderobenzettel aus der Hosentasche und holte meine Jacke und meinen Helm ab. Vor den Telefonen warteten lange Schlangen. Ich ging auf den Parkplatz hinaus. Es tat gut, die kühle Luft auf meinem erhitzten Gesicht zu fühlen. Fabians Motorrad stand noch auf seinem Platz.
Auf dem Weg zurück zu den Telefonen sah ich ein Taxi, das in die Zufahrt zur Disko einbog. Ich stellte mich in den Weg und hob die Hand. Der Wagen stoppte. Haben Sie mich bestellt?, fragte der Fahrer. Ich nickte und stieg ein.

In Fabians Wohnung angekommen, begann ich sofort zu packen. Es war zu spät, um bei meinen Eltern anzurufen, erst recht, um unangemeldet bei ihnen aufzutauchen. Ich musste bis zum Morgen warten. Zwar hatte ich Angst vor der ersten Begegnung mit meinem Vater. Aber das musste ich durchstehen, und das würde ich auch. Im Grunde wusste ich schon lange, dass es vorbei war. Spätestens seit Fabians Rückkehr aus Amerika. Ich hatte es nur nicht wahrhaben wollen.

Wie bei meinem Auszug von zu Hause warf ich wahllos Kleider, Schuhe, Wäsche, Bücher, Kosmetikartikel und CDs in den Koffer und die beiden Reisetaschen. Ich verstaute die herumliegenden Hefte in meiner Schulmappe, nahm meine Lederjacke und den Anorak von der Garderobe und legte sie über den Koffer. Dann ging ich noch einmal durch alle Räume und prüfte, ob ich nichts vergessen hatte. Auf meinem Nachttisch fand ich noch den Gedichtband, den mir Martina geliehen hatte. Als ich ihn in die Hand nahm, öffnete er sich auf der Seite 16, bei meinem Lieblingsgedicht. Ich las die letzten beiden Zeilen:

> Als ich gegangen war, lief er mir nach und rief:
> Ich liebe dich!

Nein, dachte ich. Nicht einmal das. Er wird mir nicht nachlaufen. Und er wird es nicht sagen. Warum auch, jetzt, wo alles zu Ende ist?

Im Badezimmer standen noch das sündhaft teure Duschgel mit dem dazu passenden Körperpuder und der Bodylotion, die Fabian mir zum Geburtstag geschenkt hatte. Ich ließ alles auf der Marmorablage stehen. Dieser Duft gehörte schon zur Vergangenheit.

Fast zwei Uhr. Fabian war noch nicht zurück. Es gab nichts mehr zu tun. Ich legte mich auf die Wohnzimmercouch, wickelte mich in die Wolldecke und zappte durch die Fernsehkanäle. Als das Telefon läutete, fuhr ich hoch. Offenbar war ich eingeschlafen. Die Uhr auf dem Regal zeigte auf kurz vor drei. Im Fernsehen lief irgendein amerikanischer Actionfilm.

Hier bei Mensing, sagte ich.

Lena! Gott sei Dank, Lena! Die Stimme von Fabians Mutter kippte schluchzend um.

Ich wusste es sofort.

Lena, es ist etwas Schreckliches passiert. Fabian ... Sie brach ab. Für ein paar Sekunden hörte ich nur noch ihr verzweifeltes Weinen. Was soll ich tun, Lena? Was soll ich denn jetzt tun?

Ich komme sofort, sagte ich.

Ich rannte zum Haupthaus hinüber. Die Haustür war offen. Fabians Mutter stand regungslos mitten in der hell erleuchteten Diele. Ihr nasses Gesicht war ohne jeden Ausdruck, die Arme hingen leblos zu beiden Seiten ihres Körpers herunter. Sie sah aus wie eine Puppe. Als ich sie umarmte, klammerte sie sich an mich.

Hilf mir, Lena, flüsterte sie mit einer kleinen Kinderstimme, hilf mir bitte. Ich weiß nicht, was ich tun soll.

Von diesem Moment an handelte ich wie ein Automat. Es war, als ob ich fürs erste gegen jede Empfindung geschützt wäre. Mir war klar, dass Frau Mensing in diesem Zustand nicht fahren konnte, also bestellte ich ein Taxi. Ich half ihr in ihren leichten Sommermantel und hängte ihr die braune

Ledertasche über die Schulter. Während sie vor dem Haus auf das Taxi wartete, holte ich meine Jacke, meine Geldbörse und Fabians Brieftasche mit Notfallausweis und Impfpass aus der Wohnung und schloss ab.
Die Taxifahrerin brachte uns bis unmittelbar vor die Notfallaufnahme der Universitätsklinik. Ich bezahlte den Fahrpreis. Alles Gute, sagte sie. Meistens ist es nicht so schlimm, wie es zuerst aussieht.

Auf dem Flur herrschte lebhafter Betrieb. Eine Ärztin und ein junger Pfleger liefen mit wehenden Kitteln an uns vorbei. Zwei Schwestern schoben im Laufschritt ein leeres Bett über den Gang.
Wir sind Angehörige von Fabian Mensing, sagte ich. Können Sie uns sagen, wo wir ihn finden?
Die beiden blieben stehen. Eine von ihnen, mit einem glatten runden Gesicht unter blonden Haaren, wandte sich uns zu. Der junge Mann mit dem Motorradunfall?, fragte sie, und ihre Augen waren voller Mitleid. Ich nickte.
Er ist noch im OP, sagte sie. Das kann sehr lange dauern. Kommen Sie, ich zeige Ihnen, wo Sie warten können.
Wie schlimm ist es, fragte ich.
Sie sah mich offen an. Sehr schlimm, sagte sie. Wenn Sie beten können, dann tun sie es jetzt.

Sie brachte uns in einen kleinen Warteraum. Ich werde versuchen, einen Arzt zu finden, der Ihnen erste Auskünfte geben kann, sagte sie. Aber Sie müssen Geduld haben. Auf dem Flur dort drüben ist ein Automat für Kaffee und kalte Getränke. Bevor sie ging, drehte sie sich noch einmal um. Sie wis-

sen, dass auch ein junges Mädchen an dem Unfall beteiligt war?
Nein, sagte Frau Mensing. Welches junge Mädchen?
Martina, sagte ich. Eine Freundin. Wie geht es ihr?
Sie steht noch unter Schock, sagte die Schwester, aber sie hat ein unbegreifliches Glück gehabt und ist mit einem Schlüsselbeinbruch, einem glatten Beckenbruch und mehreren Prellungen davongekommen. Alles ohne Komplikationen. Möchten Sie die Zimmernummer wissen?
Nein, sagte ich und holte Fabians Brieftasche aus meiner Jacke. Ich habe hier einen Notfallausweis und den Impfpass von Herrn Mensing. Kann das helfen?
Die Schwester streckte die Hand aus. Ich weiß nicht, aber ich werde dafür sorgen, dass alles sofort weitergeleitet wird.

Wir warteten. Die Zeit schlich. Immer wenn wir Schritte auf dem Gang hörten, hielten wir den Atem an. Ich holte Kaffee für uns beide und Zigaretten für Fabians Mutter. Ich hatte gar nicht gewusst, dass sie rauchte.
Es war fast halb sechs, als der Arzt kam, um uns zu informieren. Er war groß, sehr dünn, mit kurzen Stoppelhaaren. Sein Alter war schwer zu schätzen. Wahrscheinlich war er so um die Mitte der Dreißiger, aber die tiefen Schatten in den Augenhöhlen und die scharfen Falten rechts und links der Mundwinkel ließen ihn älter aussehen.
Sie sind die Mutter?, fragte er. Frau Mensing nickte.
Und Sie die Schwester, nehme ich an.
Die Verlobte, sagte Frau Mensing.
Der Arzt setzte sich uns gegenüber. Seine langen Finger mit den kurz geschnittenen Nägeln spielten mit einem Knopf an

seinem Kittel. Er öffnete ihn, schloss ihn, öffnete ihn, schloss ihn.

Ich will ganz offen zu Ihnen sein, sagte er und schien nur zu Fabians Mutter zu sprechen, alles andere kann jetzt nicht helfen. Ihr Sohn ist offenbar ohne Helm gefahren. Als Folge davon hat er beim Aufprall schwerste Verletzungen im Gesichts- und Schädelbereich erlitten. Es hat massive Einblutungen in die linke seitliche und obere Hirnregion gegeben. Die Operation dauert noch an. Als der Rettungswagen eintraf, hatten Herzschlag und Atmung bereits ausgesetzt, wie lange, das wissen wir nicht. Wir konnten ihn reanimieren. Er wird künstlich beatmet. Ob und welche inneren Organe verletzt wurden, können wir noch nicht mit Sicherheit sagen. Wir vermuten eine Nierenquetschung. Die Lunge scheint auch betroffen zu sein.

Er sah uns beide aufmerksam an und atmete tief durch. Das Schlimmste aber sind die Verletzungen der Halswirbelsäule im Bereich des 6. und 7. Halswirbels. Es ist zu befürchten …, er zögerte und seine Hände begannen wieder damit, den Knopf zu öffnen, zu schließen, zu öffnen. Es ist sehr wahrscheinlich, dass er irreparable Schäden erlitten hat und dass es zu einer andauernden Lähmung kommen wird.

Für eine lange Zeit sprach niemand von uns ein Wort.

Haben Sie verstanden, was ich gesagt habe?, fragte der Arzt.

Wer kann so etwas verstehen?, flüsterte Fabians Mutter.

Wir fuhren nach Hause. Der Arzt hatte uns dazu geraten. Es konnte noch Stunden dauern, bis die Untersuchungen und die eventuell notwendigen weiteren Eingriffe beendet waren. Er schrieb uns eine Telefonnummer auf.

Rufen Sie am späten Nachmittag an, sagte er, und fragen Sie nach Dr. Bodnar. Ich werde Ihnen dann sagen, wie es ihm geht und wann Sie ihn sehen können. Ihre eigene Nummer habe ich ja. Sollte sich etwas zum Schlechteren verändern, werde ich Sie sofort benachrichtigen.
Besteht noch eine unmittelbare Lebensgefahr?, fragte ich.
Ja, sagte der Arzt.

Bleib bei mir, Lena. Bitte!, sagte Fabians Mutter, als wir vor dem Haus aus dem Taxi stiegen. Ich kann jetzt nicht alleine sein. Meinen Mann kann ich nicht erreichen, wahrscheinlich ist er übers Wochenende verreist. Ich habe eine Nachricht auf seinem Anrufbeantworter hinterlassen. Den Namen und die Nummer von Kais Freund in München kenne ich nicht. Ich muss aber mit jemandem reden können, sonst verliere ich noch den Verstand.
Natürlich blieb ich. Was denn sonst? Jetzt war nicht die Zeit für irgendwelche Erklärungen. Es war nicht der Augenblick zu sagen, ich werde Ihren Sohn verlassen, ich habe schon die Koffer gepackt. Unsere wachsende Entfremdung, der Abend in der Disco, unser Streit, meine Eifersucht auf Martina – all das lag weit zurück und spielte jetzt keine Rolle mehr. Das Einzige, worauf es ankam, war, dass Fabian überlebte. Um jeden Preis überlebte. So dachte ich in diesem Augenblick. Wie hoch der Preis sein könnte und dass auch ich ihn bezahlen müsste, daran dachte ich nicht.

Ich kochte Kaffee, stellte Geschirr, Brot, Butter, Käse und Honig auf ein Tablett und brachte alles ins Wohnzimmer. Fabians Mutter saß zusammengesunken in einem der gro-

ßen Ledersessel. Sie trug immer noch ihren Mantel, und die Umhängetasche lag auf ihren Knien.
Ich kann nichts essen, Lena.
Doch, sagte ich, Sie können. Wir müssen beide etwas essen. Wir werden noch alle unsere Kräfte brauchen.
Ich half ihr aus dem Mantel und hängte ihn zusammen mit der Tasche an den Garderobenhaken. Wir schienen mit vertauschten Rollen zu spielen. Ich bestrich für sie eine Scheibe Brot mit Butter, legte auf die eine Hälfte ein Stück Käse und beträufelte die andere mit etwas Honig. Dann schnitt ich alles in kleine Stücke und schob ihr den Teller zu. Sie schüttelte angewidert den Kopf und griff nach der Kaffeetasse.
Zuerst werden Sie etwas essen, sagte ich mit Nachdruck. Wir haben beide schon zu viel Kaffee getrunken.
Ich bin aber durstig, Lena.
Ich holte Mineralwasser und Orangensaft aus der Küche. Als ich mit Flaschen und Gläsern zurückkam, hatte sie ihr Gesicht in beiden Händen vergraben und ihre Schultern zuckten.
Nicht, sagte ich, jetzt bitte nicht.
Wir aßen, langsam und mit großer Anstrengung. Aber wir aßen. Es war einfach eine der Aufgaben, die jetzt erledigt werden mussten.
Etwas habe ich nicht verstanden, sagte Fabians Mutter. Der Arzt meint, dass Fabian ohne Helm gefahren ist. Das kann aber nicht stimmen. Ich habe selbst gesehen, dass ihr beide eure Helme getragen habt, als ihr zum Training gefahren seid. Und wer ist eigentlich diese Martina, die mit ihm verunglückt ist?

Eine Freundin aus dem Ruderclub.
Sie sah mich aufmerksam an. Und weiter?, sagte sie.
Ich nehme an, dass Fabian sie nach Hause gefahren hat. Vielleicht hat er ihr seinen eigenen Helm geliehen.
Du nimmst an?, sagte sie. Ihr wart doch zusammen dort. Warum weißt du es nicht genau?
Ich stand auf und begann, das Geschirr zusammen zu räumen. Frag bitte nicht weiter, dachte ich. Frag um Gottes willen nicht weiter!
Das Telefon klingelte. Frau Mensing stürzte an den Apparat. Ich hörte meinen Herzschlag in meinen Ohren dröhnen.
Kai!, rief sie. Gott sei Dank, dass du anrufst. Du musst sofort nach Hause kommen. Fabian ist verunglückt. Ja. Sehr schwer. Er ist in Lebensgefahr. Komm, so schnell du kannst, Junge. Aber fahr vorsichtig. Hörst du!
Sie legte den Hörer auf und lehnte sich leichenblass gegen die Wand. Ich dachte, es wäre das Krankenhaus, sagte sie. Ich konnte sie dazu überreden, eine Beruhigungstablette zu nehmen und sich für ein paar Stunden auf die Couch zu legen.

Gegen vier Uhr nachmittags rief ich die Telefonnummer an, die uns der Arzt gegeben hatte. Er war selbst am Apparat. Fabian sei noch keineswegs außer Gefahr, sagte er, aber sein Zustand habe sich leicht stabilisiert. Es sei möglich, ihn jetzt zu sehen. Allerdings nur eine Person und nur ganz kurz. Er liege auf der Intensivstation, vierte Etage, Zimmer 423.
Und dann sagte er noch diesen Satz, den ich Fabians Mutter nicht weitergeben konnte. Es eile nicht damit, aber der plastische Chirurg brauche für die nächste Zeit ein möglichst aktuelles Foto zur Rekonstruktion des Gesichts.

Dieses Mal fuhren wir mit dem Auto von Frau Mensing. Sie hatte ein wenig geschlafen und machte einen gefassten Eindruck. Die Milchglastür mit der Aufschrift Intensivstation war verschlossen. Wir drückten auf den Klingelknopf und nannten der Stimme, die aus der Sprechanlage ertönte, unsere Namen. Der Summer ging, und die Tür öffnete sich. Eine Schwester in grünem Kittel empfing uns auf dem Flur. Sie zeigte uns den Weg zu einem kleinen Wartezimmer.
Dr. Bodnar kam nach wenigen Minuten.
Unfallopfer mit solch schweren Kopfverletzungen sind ein schlimmer Anblick, sagte er. Ich muss Sie darauf vorbereiten, Frau Mensing. Auch das ganze Umfeld einer Intensivstation wirkt erschreckend auf einen Laien. Die Beatmungsschläuche, die Infusionen, die Katheter, die Überwachungsgeräte und die Monitore – all das kann einen beim ersten Mal durchaus schockieren. Wir wissen nicht, ob und was ein bewusstloser Patient wahrnimmt. Deshalb verhalten wir uns so, als ob er uns hören und verstehen könnte. Darum möchte ich Sie auch bitten, Frau Mensing. Sprechen Sie in Gegenwart Ihres Sohnes niemals mit dem Pflegepersonal oder den Ärzten über ihn, sprechen Sie mit ihm selbst, berühren Sie ihn, streicheln Sie ihn.
Er musterte Fabians Mutter aufmerksam. Fühlen Sie sich stark genug, Ihren Sohn jetzt zu sehen?
Sie nickte. Ihre Lippen waren blutleer und zu einem schmalen Strich zusammengepresst. Der Arzt holte einen grünen Kittel und eine passende Haube aus einem Wandschrank und half ihr beim Anziehen.
Ich werde Sie begleiten, sagte er.

Ich wartete. Als Frau Mensing zurückkam, stützte sie sich schwer auf den Arm von Dr. Bodnar. Er öffnete das Fenster und schob einen Stuhl davor. Setzen Sie sich, sagte er. Und atmen Sie. Ganz tief und ruhig. Ein und aus. Ein und aus. Ja, so ist es gut. Sie haben sich tapfer gehalten.
Als er sich von uns verabschiedete, drückte ich ihm das Foto in die Hand, das Fabian mir zu Ostern geschenkt hatte.

Kais Auto stand schon vor dem Haus. Er musste wie ein Verrückter gefahren sein. Er kam uns entgegengerannt und umarmte zuerst seine Mutter und dann mich.
Wie geht es ihm?, fragte er.
Komm herein, Junge, sagte Frau Mensing. Sie wirkte jetzt beinahe unnatürlich gefasst. Ihre Stimme klang so blechern und tonlos wie die Ansagen eines Computers.
Er ist ohne Bewusstsein. Sie halten ihn zusätzlich mit Medikamenten in einem künstlichen Koma. Er reagiert auf nichts. Nicht auf Worte und nicht auf Berührungen. Ich sollte ihn streicheln, hatte der Arzt gesagt, aber ich wusste nicht wo. An seinem ganzen Körper gab es kaum eine heile oder freie Stelle. Überall Verbände, Hautabschürfungen, Sonden, Kanülen, Schläuche, Sensoren. Sein Kopf ist verbunden. Sein Gesicht auch. Nicht verbunden, sondern abgedeckt mit einer dünnen, blutigen Lage Mull. Ich weiß nicht, warum, aber ich hatte Angst, genau hinzusehen. Es war so flach. Verstehst du? Mir wurde übel, und der Arzt brachte mich zurück in den Warteraum.

Am Abend begleitete mich Kai noch hinüber in die Wohnung. Er wollte in Fabians Unterlagen nach dem Kranken-

kassenausweis suchen. Frau Mensing meinte sich zu erinnern, dass er, kurz nachdem er das Motorrad bekommen hatte, noch eine Zusatzversicherung abgeschlossen hätte.
In der Diele stand mein Koffer mit dem darüber geworfenen Anorak, meine Schulmappe und die beiden Reisetaschen.
Kai sah mich fragend an.
Das war, bevor ich von dem Unfall erfuhr, sagte ich. Sprich bitte nicht zu deiner Mutter darüber.
Ich verstehe. Und jetzt?
Jetzt werde ich alles wieder auspacken.

Jemand klopft an die Tür. Entschuldigung, sagt Schwester Hedwig, Herr Bielek von Zimmer 207 ist sehr unruhig. Er sagt, er hat wieder diese Kopfschmerzen. Sie wüssten schon. Die von den Laserstrahlen, die sein Sohn immer auf ihn richtet, damit er stirbt und der Sohn endlich das Haus erbt. Könnten Sie mal nach ihm sehen?
Natürlich, ich komme sofort.
Es kann ein bisschen dauern, sagt sie. Herr Bielek ist nicht leicht zu überzeugen. Nehmen Sie sich ruhig noch Tee. Irgendwo muss ich auch noch etwas zu essen haben.
Sie kramt in ihrem Schreibtisch. Hepp, sagt sie, und wirft mir eine angefangene Packung Schokoladenkekse zu. Ich fange sie auf.

Gefüllte Schokoladenkekse. Es ist nicht die gleiche Sorte, die Martina und ich so liebten. Aber sie schmecken gut.
Wie mag Martina mit ihren Erinnerungen leben? Ich habe nie darüber nachgedacht. Sie existierte einfach nicht mehr für mich. Einmal, an einem der vielen unerträglich strahlenden Sommertage, die ich eingesperrt im Zimmer 423 verbracht hatte, wartete ich auf den Lift nach unten. Als er kam und sich die Tür öffnete, sah ich eine hochschwangere junge Frau im Morgenmantel, einen Mann im Jogginganzug, dessen linkes Hosenbein an der unteren Naht aufgetrennt war, damit es über den dick eingegipsten Fuß passte, und Martina. Sie war in Straßenklei-

dung. Zwischen ihren Füßen stand ein kleiner Koffer. Offenbar wurde sie an diesem Tag aus der Klinik entlassen. Ich trat zurück. Die Türe schloss sich und ich wartete auf den nächsten Aufzug.
Als sie wieder zur Schule kam, gingen wir uns konsequent aus dem Weg. Wir sprachen nicht über den Unfall, wir sprachen überhaupt nicht mehr miteinander.

Was mag sie denken? Ob sie mir die Schuld gibt an Fabians Unglück? Oder sich selbst, weil sie seinen Helm angenommen hat? Ich war mir so sicher, dass sie nicht mit ihm fahren würde. Es war doch offensichtlich, wie sturzbetrunken er war. Für mich müsste er nicht mal mit den Fingern schnippen, hatte Martina an dem Tag, an dem ich Fabian kennen lernte, am Telefon zu mir gesagt. Ich habe das damals nicht ernst genommen. Mein Fehler. Bis zu der unseligen Wanderfahrt habe ich alles mit ihr besprochen. Wozu hat man sonst eine beste Freundin? Sie kannte alle Aufs und Abs meiner Geschichte mit Fabian. Und als sie eine Chance für sich sah, da griff sie eben zu. Frauensolidarität? Blödsinn. Sie endet spätestens dann, wenn ein Kerl ins Spiel kommt. Ich weiß, dass man das nicht öffentlich sagen darf, aber ich habe es immer schon gewusst. Allen meinen feministischen Schwestern zum Trotz. Fabian habe ich damals verziehen. Martina nicht. Warum nicht? Ich glaube, ihr Verrat hat mich tiefer getroffen als seiner. Eigentlich merkwürdig. Oder auch nicht. Martina kannte mich besser als irgendein Mensch sonst. Besser als Fabian. Viel besser sogar. Mit Fabian konnte ich nicht reden. Er hasste Beziehungsgespräche, da hatte Martina schon ganz Recht. Er handelte einfach. Er umwarb mich, er küsste mich, er lud mich ein, er schlief mit mir, er machte mir Geschen-

ke. Das musste genügen. Daraus solle ich Rückschlüsse ziehen, hat er einmal fast gleich lautend wie Martina gesagt. Und nicht warten auf Worte, die er nicht aussprechen konnte. Ich sagte sie manchmal. Ganz selten. Später gar nicht mehr. Aber immer, wenn ich sie gesagt hatte, musste ich mit angehaltenem Atem auf sein zögerndes ‚ich dich auch' warten.

Warum habe ich mich eigentlich so lange zufrieden gegeben mit dieser dürren Wortlosigkeit, die er nur ganz zu Anfang überwunden hat, als er noch auf der Jagd war? In der Nacht am Telefon und im Schatten der Kastanienbäume. Weil er mein erster Mann war? Weil ich mir nicht eingestehen wollte, dass ich mich zu rasch ergeben hatte, lange bevor ich ihn wirklich kannte? Weil ich meinem Vater den Triumph über meine Niederlage nicht gönnen wollte? Wahrscheinlich von allem etwas.
Fabians Schweigen wurde immer dichter. Natürlich regelten wir den Alltag, trafen Vereinbarungen und tauschten die notwendigen Informationen aus. Wir unterhielten uns, aber wir sprachen nicht miteinander. Ob das wirklich das übliche Muster der Beziehungen zwischen Männern und Frauen ist? Mir fehlen die Erfahrungen, die Beispiele, an denen ich meine Vermutung überprüfen könnte. Die einzige Verbindung, die ich aus der Nähe kenne, ist die Ehe meiner Eltern. Aber kenne ich die wirklich? Ich kenne sie als Vater und Mutter. In diesen Rollen verhalten sie sich ganz ähnlich wie Fabian und ich. Ich kann mir die beiden einfach nicht als Paar vorstellen. Schon gar nicht als Liebespaar. Wie haben sie früher miteinander gesprochen? Wie reden sie, wenn sie alleine sind? Ich weiß es nicht. Würde es mir nutzen, wenn ich es wüsste? Vielleicht. Und sei es nur, um zu wissen, ob ich hinter einem Phantom herrenne, ob ich etwas Unmögliches

verlange, wenn ich mich nicht zufrieden geben kann mit der Unverbindlichkeit von stummen Umarmungen, nicht zufrieden mit der scheinbaren Aufrichtigkeit, die nichts verspricht und meint, deshalb auch nichts verfehlen zu können, keine Hingabe, keine Treue, keine Dauer. Weil ich argwöhne, dass diese Art von Aufrichtigkeit Feigheit ist, die Angst, etwas zu wagen, das auch scheitern kann. Aber ich wollte es nicht so ohne Risiko, so mehrfach rückversichert. Ich war bereit, alles auf eine Karte zu setzen, wie bei einem Sprung mit dem Fallschirm. Nie ganz sicher zu sein, ob er sich öffnet, aber ihm doch zu vertrauen, weil man es nur so erleben kann: die angstvolle Spannung, den Sprung, das sausende Abwärts des freien Falls, das Öffnen des Schirms – und endlich als Lohn von allem das Fliegen, das Schweben.

Die Ärztin kommt zurück. Ich habe inzwischen sämtliche Kekse aufgegessen.
Tut mir leid, sage ich, und schwenke verlegen die leere Packung. Ich konnte einfach nicht mehr aufhören.
Sie lacht. Das kenne ich. Ich habe noch eine stille Reserve. Ich nehme mir zwar ständig vor, nicht so viele Süßigkeiten zu essen, sondern lieber gesunde Sachen wie Obst oder Vollkornbrot. Aber bei Nachtwachen werde ich fast immer schwach und schleiche dann gegen Morgen über den Gang zu meinem Spind, um mir meine Notration zu holen.
Wie geht es dem Mann mit den Laserstrahlen? Konnten Sie ihn beruhigen?
Ja, natürlich. Ich habe ihm zwar gesagt, dass ich nicht an die Strahlen glaube. Aber für alle Fälle habe ich ihm einen Paravent vor das Bett gestellt. Der schützt ihn vor jeglicher Form von Strahlung.
Aber das ist doch …
Unsinn ist das. Natürlich. Aber es hat geholfen. Früher, als ich noch jung war, hätte ich in dieser Situation kompromisslos auf die Wahrheit gesetzt, auf die reine Vernunft. Ich hätte mir Fransen an den Mund geredet, um Herrn Bielek davon zu überzeugen, dass seine Vorstellung absurd ist. Ich hätte mich auf technische Details eingelassen. Ich hätte ihm erzählt, dass sein Sohn liebenswürdig und sehr um ihn besorgt ist. Ich hätte ihm gesagt, dass seine Kopfschmerzen andere

Ursachen haben. Aber weil das alles bei einem akuten Panikanfall nicht hilft, hätte ich ihm am Ende doch irgendein Beruhigungsmittel geben müssen. Da ist ein Paravent bei weitem besser. Auch billiger. Und er hat keine Nebenwirkungen.

Doch, sage ich. Er verstellt dem Mann den Blick auf die Wahrheit.

Die Ärztin seufzt. Was ist schon die Wahrheit? Ich kenne diesen speziellen Fall nicht, weil er von einem Kollegen behandelt wird. Aber die Wahrheit könnte beispielsweise so aussehen, dass Herr Bielek allein in einem viel zu großen Haus lebt und sein Sohn mit Frau und Kindern aus Kostengründen in einer viel zu kleinen Wohnung. Dann wäre die Angst davor, dass der Sohn auf seinen Tod wartet, damit er in das Haus einziehen kann, durchaus verständlich. Man müsste an die Stelle der Laserstrahlen, die ihn zu bedrohen scheinen, nur die negativen Gedanken des Sohnes setzen. Dann stimmte es. Wie auch immer. In dieser Nacht hat ihm eine barmherzige Lüge endlich den Schlaf gebracht.

Ich bin nicht Ihrer Meinung, sage ich. Auch barmherzige Lügen sind Lügen. Jeder hat das Recht auf die volle Wahrheit.

Ach ja? Sie nimmt das Bild ihres Sohnes in die Hand, und ihre Finger streichen wieder über das helle Holz des Rahmens. Ohne Rücksicht darauf, ob er sie ertragen kann?

Das ist doch gerade die Aufgabe der Therapie, denke ich. Sie bringt die verdrängten negativen Handlungen und Gefühle wieder ins Bewusstsein und hilft dem Patienten bei der Verarbeitung und Bewältigung. Oder etwa nicht?

Eher selten, sagt sie, jedenfalls nach meinen Erfahrungen.

Ein Therapeut ist kein Priester. Er kann keine Absolution erteilen. Er kann keinen wirklich neuen Anfang ermöglichen. Was soll ich beispielsweise einem Patienten sagen, der schuldig geworden ist? Schuldig am Unglück oder sogar am Tod eines anderen Menschen zum Beispiel. Soll ich sagen: Mach dir nichts draus, Fehler kommen vor. Vergiss es und genieße dein restliches Leben.
Aber Sie können doch auch nicht sagen: Das ist unverzeihlich und nie wieder in Ordnung zu bringen, und am besten nehmen Sie sich gleich einen Strick.
Nein. Ich werde natürlich alles versuchen, den Patienten so weit zu festigen, dass er mit seiner Schuld leben kann. Aber ich habe viel von meiner früheren Gewissheit und meinem Optimismus verloren, dass es mir auch gelingen wird. Manchmal beneide ich jetzt Menschen, die an etwas glauben können.
Sie stellt das Kinderbild zurück und steht auf.
Ich glaube, jetzt wird es Zeit für meine eiserne Reserve, sagt sie.
Es ist ein Gebäck aus Kokosflocken mit einem Überzug von bitterer Schokolade. Wir essen einträchtig und schweigend. Der Himmel hinter den Scheiben ist nicht mehr so schwarz wie vorher. Ich kann schon schemenhaft die Umrisse der Baumkronen erkennen. Es wird nicht mehr lange dauern, bis die Sonne aufgeht.
Haben Sie noch genug Geduld, um den Rest meiner Geschichte zu hören?, frage ich.
Haben Sie denn noch genug Vertrauen, um sie mir zu erzählen?
Ich nicke.

Dieses Mal legt sie nicht den Kopf auf die Arme. Sie dreht ihren Stuhl zum Fenster und sieht hinaus. Ich spreche zu der hohen Rückenlehne und zu ihrem blassen Spiegelbild vor dem anthrazitfarbenen Himmel.

Als Kai nach Paris zurückgefahren war, spielte sich wie von selbst eine feste Verteilung der Krankenbesuchszeiten ein. Fabians Vater übernahm den Sonntag, seine Mutter den Dienstag, Donnerstag und Samstag und ich den Montag, Mittwoch und Freitag. Da die Klinik nur am Nachmittag die Anwesenheit einer Person für zwei bis drei Stunden erlaubte, ließen sich die Besuche mit meinen Unterrichtszeiten vereinbaren. Es galt als wortlos abgemacht, dass wir alle die erlaubten drei Stunden bis zur letzten Minute ausschöpften.

Beim ersten Mal empfing mich Dr. Bodnar in dem kleinen Warteraum, den ich schon kannte.
Wie genau möchten Sie informiert sein?, fragte er.
Ich möchte, dass Sie mir alles sagen, was Sie wissen.
Sind Sie sicher?
Ja, ganz sicher, sagte ich. Aber ich war durch nichts vorbereitet auf die Art und die Menge der Informationen, die jetzt auf mich niederprasselten.
Die Verletzungen des Gesichts sind erheblich. Nase und Jochbeine völlig zertrümmert, die rechte Stirnseite stark eingedrückt, Ober- und Unterkiefer mehrfach gebrochen. Zur vorläufigen Stabilisierung wurde der Kiefer bis zu einer späteren Operation zunächst mit Metallplatten fixiert und der Mund zugenäht. Die spontane Atmung hat noch nicht

wieder eingesetzt. Durch einen Einschnitt unterhalb des Adamsapfels ist ein Tubus zur künstlichen Beatmung in die Luftröhre geschoben worden. Die Ernährung mit breiartiger Fertignahrung erfolgt durch eine Magensonde. Durch eine Kanüle am linken Arm werden nach Bedarf Kochsalzlösung, Bluttransfusionen und Medikamente zugeführt. Über einen Blasenkatheter fließt der Urin in einen Beutel ab, der unter dem Bett befestigt ist. Die Messungen der Sauerstoffdichte, des Blutdrucks und der Herzfrequenz erfolgt über Sensoren, die ihre Ergebnisse an einen Computer weiterleiten. Die Daten werden auf einem Monitor sichtbar gemacht, der über dem Krankenbett hängt und der bei der Über- oder Unterschreitung von einprogrammierten Grenzwerten einen Alarmton auslöst. Die Blut- und Flüssigkeitsansammlungen im Gehirn sind operativ entfernt worden. Es wird allerdings noch geraume Zeit dauern, bis die Schwellungen zurückgegangen sind. Erst dann lässt sich feststellen, welche Schädigungen der Patient erlitten hat. Da die schwersten Verletzungen im Bereich des Sprachzentrums liegen, sind hier mehr oder weniger starke Störungen zu erwarten. Außerdem bleibt abzuwarten, wie sehr das Gehirn durch den zeitweiligen Sauerstoffmangel geschädigt ist. Die Lähmung scheint nach dem jetzigen Erkenntnisstand unumkehrbar. Das Rückenmark ist vollständig durchtrennt worden. Das heißt, dass Bewegungsunfähigkeit vom Hals abwärts besteht. Arme und Beine, aber auch die Verdauungs-, Ausscheidungs- und Sexualorgane sind davon betroffen, die Atmung wird wahrscheinlich auf Dauer beeinträchtigt bleiben.

Ich war wie betäubt. Die Ungeheuerlichkeit der mit sanfter Stimme sachlich und professionell vorgetragenen Diagnose verhinderte zunächst, dass ich die ganze Wirklichkeit erfasste.
Haben Sie noch Fragen?, sagte der Arzt.
Nein. Keine Fragen. Vielleicht später.
Möchten Sie den Patienten jetzt sehen?
Ich glaube ja.
Er half mir in den grünen Kittel und setzte mir die runde Haube auf den Kopf.

Raum 423 der Intensivstation war ein Innenraum, ein Doppelzimmer mit künstlichem Licht und künstlichem Klima. Es gab keine Fenster und damit kein Hell und Dunkel, kein Wetter und keine Jahreszeiten. In der Mitte des Zimmers, auf dem Fußboden und an der Decke, verlief eine Schiene. Auf ihr ließ sich mit einer raumhohen Falttür das Zimmer mit Ausnahme eines kleinen Korridors in zwei gleich große Hälften teilen. Jetzt war die Tür offen, an der Stirnwand des Raums wie eine Ziehharmonika zusammengeschoben. Im linken Bett lag eine alte Frau. Sie atmete rasch und flach mit offenem Mund. Ihre Augen waren geschossen und lagen tief in den Höhlen. Die straff gespannte Haut zeichnete alle Konturen der zarten Schädelknochen nach. Die blauen Adern an ihren Schläfen sahen aus, als hätte jemand sie mit Tinte nachgezeichnet. Die beiden weißen dünnen Zöpfe rechts und links auf dem Kissen waren, wie bei einem Schulmädchen, mit Schleifen aus rotem Band zusammengebunden. Ich betrachtete sie lange und sorgfältig. Ich nahm jede Einzelheit wahr, ihre blutleeren dünnen Hände, das

Laken, das sich bei ihren kurzen Atemzügen kaum hob und senkte.

Endlich fand ich den Mut, meinen Blick auf das andere Bett zu richten. Ich spürte, wie eine plötzliche Kälte sich hinter meiner Stirn ausbreitete, meinen ganzen Schädel anfüllte und mir die Kopfhaut zusammenzog. Meine Lippen schienen taub und geschwollen zu sein wie nach einer Betäubungsspritze beim Zahnarzt. Als ich zu Boden sah, drehten sich die grau gesprenkelten Fliesen in Kreisen um meine Füße.

Alles in Ordnung?, fragte Dr. Bodnar.

Ich holte tief Luft. Alles in Ordnung.

Tapferes Mädchen, sagte er und verließ den Raum.

Ich wäre am liebsten hinter ihm her gerannt, den Flur entlang, vorbei an dem kleinen Warteraum, durch die Milchglastüre ins Freie, in die Sonne, in das Leben. Ich hatte Angst vor dem gesichtslosen Körper im rechten Bett. Angst vor dem Zischen der Beatmungsmaschine und dem gurgelnden Röcheln des Schlauchs, der in seinem Hals steckte.

Ich zog mir einen Stuhl heran und setzte mich.

Fabian, flüsterte ich mit krächzender Stimme.

Es war so, wie seine Mutter es gesagt hatte. Als ich ihn berühren wollte, wusste ich kaum, an welcher Stelle. Ich legte meine Hand auf seinen Arm. Vorsichtig, damit ich weder an die Infusionskanüle in der Ellenbeuge stieß noch eine der vielen Abschürfungen und kleinen Wunden berührte, die mit einer roten Tinktur bestrichen oder mit Pflastern und Verbänden versorgt waren. Die Haut unter meinen Fingern fühlte sich warm an, die Muskeln waren entspannt.

Ich weiß nicht, wie lange ich so gesessen habe. Zögernd nahm ich mehr und mehr Einzelheiten wahr, setzte sie in Beziehung zu den Informationen des Arztes und begann, erst jetzt und mit steigendem Entsetzen, das ganze Ausmaß der Katastrophe zu begreifen.
Schon an diesem ersten Tag stieg etwas in mir auf, das ich auf keinen Fall zulassen durfte, das aber immer unabweisbarer wurde, je öfter ich dieses Zimmer betrat.
Daran änderte sich auch nichts, als die Schwestern begannen, mich mehr und mehr in Fabians Pflege einzubeziehen. Im Gegenteil. Es wurde schlimmer. Der bewegungsunfähige Körper auf dem mit einem Schaffell ausgelegten Bett musste alle zwei Stunden in eine andere Position gebracht werden, um das Wundliegen zu verhindern. Ich lernte, beim Lagern zu helfen, den schweren schlaffen Körper zu drehen, die leblosen Arme und Beine zu biegen oder zu strecken, um eine stabile Position herzustellen. Ich lernte, die gefährdeten Körperstellen mit Franzbranntwein einzureiben. Ich lernte, sorgfältig auf jede noch so kleine Reizung der Haut zu achten. Ich lernte, ihn vorsichtig zu waschen. Ich lernte, ihm Brust und Rücken abzuklopfen, um Schleimansammlungen in den Bronchien und der Lunge zu lösen. Ich lernte, wie man die Beutel mit der Fertignahrung an die Magensonde anschloss. Ich lernte, wie man den Urinbeutel wechselte. Ich schaffte es einfach nicht zu lernen, wie das Sekret des Beatmungsschlauchs abgesaugt wird und wie man einen verstopften Darm ausräumt.
Wird das immer so bleiben?, fragte ich eine der Schwestern.
Nicht ganz so schlimm, sagte sie, aber schlimm genug.

Die Nachmittage in Zimmer 423 wurden mir zum immer wiederkehrenden Alptraum. Der Sommer war strahlend, die Tage trocken und heiß und die Abende voll von schweren Düften. Ich war wie berauscht davon und genoss jeden Atemzug, als ob er der letzte wäre. Aber wenn sich die Milchglastür der Intensivstation für mich öffnete, gab es nur noch das Zischen der Beatmungsmaschine, das Gurgeln in Fabians Kehle, die kranken, süßlichen Ausdünstungen der beiden Körper, den Geruch nach Desinfektionsmitteln und nach Ausscheidungen.

Zu allem Überfluss wurde auch noch Fabians Mutter krank. Sie wurde in die gleiche Klinik eingeliefert, in der ihr Sohn lag. Ein Magengeschwür war aufgebrochen. In den nächsten Wochen pendelte ich zwischen Schule, Chirurgie und Intensivstation hin und her. Ich war vom wirklichen Leben abgeschnitten. Der immer gleiche Ablauf der Tage betäubte mich. Wie in Trance ging ich morgens zur Schule, kaufte mir auf dem Rückweg etwas zum Essen, räumte das Nötigste im Haus und in der Wohnung auf, wusch Nachthemden und Handtücher, besuchte Frau Mensing und brachte ihr Blumen aus ihrem Garten, Zeitschriften und frische Wäsche und verdämmerte dann an jedem Nachmittag meine drei Stunden in dem Zimmer, das keinen Tag und keine Nacht kannte. Ich streichelte teilnahmslos einen bewegungslosen Körper und sprach pflichtgemäß zu einem stummen fremden Gesicht.

Ich ekelte mich vor Fabian. Vor dem Menschen, der aus ihm geworden war. Wie lange habe ich gebraucht, bis ich den

Mut fand, das vor mir selbst zuzugeben. Ehrlich zu benennen, was mich gegen meinen Willen ergriffen hatte und mich immer mehr beherrschte. Niemandem habe ich je davon erzählen können. Ich wusste ja, dass dieses Gefühl nicht zugelassen ist, dass es nicht erlaubt ist im Zusammenhang mit Krankheit und Behinderung. Aber ich konnte es einfach nicht ändern. Ich konnte mich nicht ändern. Ich bewunderte die unerschütterliche, freundliche Gelassenheit der Schwestern und Pfleger. Mit keiner Geste und mit keinem Wort ließen sie auch nur ahnen, ob auch sie sich manchmal abgestoßen fühlten. Ich schämte mich vor ihnen und vor mir. Aber ich konnte meinen Ekel nicht beherrschen, nicht das Würgen in meiner Kehle, nicht den Abscheu vor den Ausdünstungen der Krankheit, nicht die rasende Ungeduld, mit der ich den Moment herbeisehnte, in dem ich endlich nach drei Stunden das Zimmer 423 verlassen konnte.

Seit die Tage lang und die Abende warm und hell waren, fuhr ich nicht mehr mit dem Bus, sondern schlenderte bewusst langsam durch die Straßen nach Hause. Ich machte Umwege und wählte immer wieder andere Routen, ging durch die belebten Fußgängerzonen, betrachtete die Leute, die vor den Restaurants, Eisdielen und Cafés saßen. Ich beobachtete die Mütter mit ihren Kindern im Stadtpark und die Kleinen, die auf dem Platz vor der Basilika Tauben fütterten und beim Versuch, wenigstens eine davon zu streicheln, den ganzen Schwarm hochscheuchten. Und ich sah den Liebespaaren nach, die eng umschlungen oder Hand in Hand durch die Straßen gingen. Es schien mir, als ob ich noch nie so viele von ihnen gesehen hätte wie in diesem Sommer.

Zu Hause angekommen, versuchte ich, wenigstens einen kleinen Teil meiner Schularbeiten zu erledigen. Später schlief ich auf dem Sofa vor dem laufenden Fernsehapparat ein, wachte mitten in der Nacht auf und torkelte schlaftrunken in mein leeres Bett.

Das Schlimmste war, dass ich mit niemandem offen reden konnte. Vielleicht wäre es ganz zu Anfang möglich gewesen. Aber da war ich noch wie betäubt, unfähig, mir über meine eigenen Gefühle klar zu werden. Und dann war es zu spät. Ein Übermaß an Lob, Anerkennung und maßloser Bewunderung schütteten mich zu, kreisten mich ein, nagelten mich fest auf die Rolle der treuen Liebenden, der kein Opfer zu groß ist, die aufgeht in der Pflege ihres Freundes und nichts anderes mehr tut, denkt und wünscht. Fabians Mutter, sein Vater, Kai und die Freunde aus dem Ruderclub, die in den ersten Tagen bei mir anriefen, um sich nach Fabians Zustand zu erkundigen, jeder, der mich kannte, mich in der Schule oder auf der Straße traf, sang mein Loblied. Eine moderne Florence Nightingale. Ich hatte keine Chance mehr, ihnen die Wahrheit über mich zu sagen. Erst langsam ging mir auf, dass die Wahrheit auch niemanden interessierte. Der jetzige Zustand war für alle der bequemste. Ich stand zur Verfügung, um das zu tun, wovon niemand von ihnen auch nur das Geringste auf sich nehmen wollte. Ausgenommen Fabians Mutter. Sie trug ihren fairen Anteil. Aber gerade sie wusste längst, dass sie es alleine nicht schaffen konnte. Sie klammerte sich an mich wie eine Ertrinkende. Wenn wir miteinander sprachen, gab es nur ein einziges Thema: Fabian.

Als Frau Mensing die Klinik verlassen konnte und nach einiger Zeit wieder ihre drei Tage pro Woche Besuchsdienst übernahm, traf ich mich mit meiner Mutter an einem Nachmittag in unserem Stammcafé am Salzmarkt. Sie umarmte mich, schob mich dann ein wenig von sich und musterte mich gründlich. Du siehst krank aus, Lena, sagte sie. Es ist schrecklich, was mit Fabian passiert ist, und ich bewundere deinen Einsatz für ihn. Aber du bist auch noch da und hast ein Recht auf dein Leben. Wie soll das weitergehen? Mach dir nichts vor. Mitleid ist nicht das Gleiche wie Liebe. Es wird nicht ausreichen, um deine Zukunft darauf aufzubauen.
Und was soll ich deiner Meinung nach jetzt tun, Mutter?
Das kann ich nicht für dich entscheiden, sagte sie.

Fabian bekam eine Lungenentzündung. Am Mittwoch bekam er plötzlich hohes Fieber und Schüttelfrost. Am Donnerstag erzählte mir seine Mutter, dass das Fieber noch gestiegen sei. Als ich ihn am Freitag sah, erschrak ich darüber, wie sehr er in dieser kurzen Zeit verfallen war. Sein Brustkorb hob sich mühsam und röchelnd, die Fingernägel und Lippen waren bläulich verfärbt, der Schleim, der im Beatmungsschlauch gurgelte, musste in immer rascheren Abständen abgesaugt werden.
Dr. Bodnar kam zur Untersuchung.
Es scheint sich um eine Virusinfektion zu handeln, sagte er. Die Behandlung mit Antibiotika greift nicht richtig. Wir werden ihn zusätzlich mit Sauerstoff versorgen müssen.
Wie schlimm ist es?, fragte ich.
Solche aggressiven Krankenhausinfektionen bei geschwächtem Allgemeinzustand können leicht lebensbedrohlich

werden. Er sah mich an und biss sich auf die Unterlippe. Manchmal, sagte er vorsichtig, ist das ein gnädiger Ausweg.

In dieser Nacht wünschte ich mir Fabians Tod. Mit aller Kraft hoffte ich, dass er sterben möge. Ich stellte mir vor, wie der durchdringend schnarrende Alarmton des Überwachungscomputers durch die Räume gellte. Wie Ärzte und Pflegerinnen an sein Bett stürzten, wie die gezackten Kurven auf dem Monitor sich veränderten, flacher wurden, endlich zu einer glatten Linie ausliefen. Wie der Arzt die Geräte ausschaltete, wie das Zischen der Beatmungsmaschine verstummte. Wie endlich Ruhe einkehrte.
Ich zitterte vor Entsetzen über mich selbst, über die Ungeheuerlichkeit meiner Wünsche. Es gab einen Augenblick, in dem ich das verrückte Gefühl hatte, dass sie zur Wirklichkeit würden, wenn ich mich nur ganz und gar auf sie konzentrierte, wenn ich alle meine Energie darauf richtete. Als ob meine Gedanken ihn töten könnten. Ich wartete auf das Klingeln des Telefons, wartete auf die erlösende Nachricht, dass ich frei sein würde. Frei ohne eigene Entscheidung, ohne eigene Schuld, ohne eine Verurteilung durch Fabians Familie, durch unsere Freunde und durch mich selbst. Einfach so. Wieder leben können. Nie wieder durch die Milchglastür gehen müssen. Nicht mehr den Ekel und das Entsetzen niederkämpfen und die tapfere kleine Braut spielen müssen. Das ganze Geflecht von Erwartungen und Heuchelei würde sich auflösen. Ich könnte ihn betrauern und dann allmählich vergessen.
Aber das Telefon klingelte nicht.
Am Samstagabend erzählte mir Fabians Mutter, dass sich

sein Zustand deutlich verbessert habe. Am Sonntag konnte die Sauerstoffzufuhr eingestellt werden. Am Montagnachmittag öffnete sich für mich wieder die Milchglastür.

Die Sommerferien begannen. Mein Zeugnis war trotz allem erstaunlich gut ausgefallen. Willst du Abitur machen oder gehst du mit der Fachhochschulreife ab?, hatte mich Väterchen Lei kurz vor der Zeugniskonferenz gefragt.
Ich weiß es noch nicht, sagte ich, macht das einen Unterschied?
Nein, auf keinen Fall. Das heißt natürlich ja. Ich meine, du stehst in Mathematik genau zwischen Drei und Vier. Sicher ist das unabhängig … du weißt schon, was ich sagen will. Oder?
Wenn ich Sie richtig verstehe, würden Sie mir als Prämie für mein Verschwinden eine Drei geben und als Strafe für mein weiteres Bleiben in dieser Schule eine Vier.
Das kann man so nicht … Einerseits ist es auch wieder … Aber ich weiß nicht, ob du … Andererseits lässt sich beides rechtfertigen.
Dann geben Sie mir doch einfach die Drei und lassen sich überraschen, ob Sie sich nach den Ferien weiter mit mir plagen müssen oder ob ich Ihre Güte belohne und auf die Fachhochschule verschwinde.
Also gut, abgemacht, sagte Väterchen Lei, eine Drei. Ich bin einfach zu gutmütig.

Nach vielen Wochen raffte ich mich endlich dazu auf, wieder zum Rudertraining zu gehen. Fabians Mutter hatte mich dazu gedrängt. Als ich am Montagabend mit meinem Sport-

beutel über der Schulter den Uferweg entlangging, sah ich schon von weitem die bunten, von einem nächtlichen Gewitterregen durchweichten Lampions in den Bäumen und am Zaun des Clubgeländes schaukeln. Unter dem überhängenden Dach des Bootshauses standen zusammengeklappte Tische und Stühle, Kästen mit leeren Flaschen, Säcke mit Abfällen, Kartons mit zusammengelegten Lichterketten und zerknüllten Girlanden.
Harry war der Erste, den ich traf. Lebst du auch noch?, rief er und klopfte mir mit seiner Pranke auf die Schulter, als ob er sie mir brechen wollte.
Allerdings, sagte ich. Obwohl hier offensichtlich schon niemand mehr mit mir rechnet. Ich nehme an, das sind die Überreste des Sommerfestes?
Harry nickte.
Hat es denn diesmal für die Clubmitglieder keine Einladungen gegeben?
Doch. Natürlich.
Und bin ich etwa kein Mitglied mehr? Habe ich die Krätze oder sonst eine ansteckende Krankheit? Habe ich gegen irgendeinen Punkt eurer verdammten Satzung verstoßen? Habe ich meinen Beitrag nicht pünktlich gezahlt?
Doch, doch, stotterte Harry. Ich habe es Reinie gleich gesagt. Schickt ihr auf jeden Fall eine Einladung, habe ich gesagt. Aber die anderen waren alle dagegen. Du würdest sowieso nicht kommen, haben sie gesagt. Und dass es auch geschmacklos wäre in dieser Situation, wo Fabian ... Wie geht es ihm eigentlich?
Schlecht. Wie immer. Aber warum fragt nicht mal ein einziger Mensch danach, wie es mir geht?

Wie geht es dir denn, Lena?, sagte Harry gehorsam.
Beschissen, schrie ich. Wie denn sonst? Wie angekettet und eingemauert. Wie lebendig begraben. Aber ich bin noch da! Ich lebe noch! Was fällt euch ein, für mich zu entscheiden? Ich verlange, genauso behandelt zu werden wie jedes andere Mitglied in diesem blöden Verein. Ob ich kommen will oder nicht, ist dann immer noch meine Sache. Hast du das kapiert?
Ja, Lena, murmelte Harry unglücklich. Ich bin ja völlig deiner Meinung. Genau das habe ich Reinie auch gesagt. Aber ich war der Einzige, und alleine konnte ich nichts machen. Er hob hilflos die Schultern.
Ist schon gut, Harry, sagte ich. Tut mir leid, dass ich dich angepampt habe. Nimm es nicht persönlich. Du warst einfach der Erste, der mir in die Hände gefallen ist. Tschüs, Harry, mach's gut.
Bleib doch zum Training, rief er mir nach.
Ich rannte den Uferweg entlang, bis ich endlich den Schatten der Kastanienallee erreichte. Dort umklammerte ich unseren Baum mit beiden Armen, legte mein Gesicht an den rauen Stamm und wartete, bis das Brennen in meinen Augen nachließ und sich mein Herzschlag beruhigte.

Unmerklich besserte sich Fabians Befinden. Bessern ist vielleicht nicht das richtige Wort. Er näherte sich dem Zustand, in dem das Krankenhaus nichts mehr für ihn tun konnte. Austherapiert hieß das. Die Schwellungen des Gehirns bildeten sich mehr und mehr zurück. Die spontane eigene Atmung setzte endlich und mühsam wieder ein. Sie musste immer noch von Zeit zu Zeit künstlich unterstützt werden.

Langsam hatten ihn die Ärzte aus dem medikamentös erzeugten Koma aufwachen lassen. Wir warteten voller Angst. Würde er uns erkennen? Würde er sprechen? Sich erinnern? Es kostete mich noch immer große Überwindung, in sein Gesicht zu sehen. Zwar waren die schlimmsten äußerlichen Verletzungen abgeheilt, vernarbt, verschorft und zum Teil mit glänzend rötlicher neuer Haut bedeckt. Aber es war nicht mehr Fabians Gesicht. Würde es auch nie wieder sein, hatte uns der Chirurg gesagt. Die für die nächste Zeit noch geplanten Eingriffe konnten den Gesamteindruck weiter erheblich verbessern, würden die Nase und die Jochbögen wieder aufbauen, die Vernarbungen um die Augen glätten und die Lippenkonturen wiederherstellen. Sobald der Heilungsprozess des inzwischen operierten Kiefers abgeschlossen war, sollte eine Teilprothese angepasst werden. Es würde alles geschehen, um ihn seinem Foto ähnlich zu machen. Wenn das bei diesem Grad der Zerstörung gelänge, wäre es schon ein kleines Wunder, sagte der Chirurg.

Herr Mensing, machen Sie doch noch einmal die Augen auf. Sie haben Besuch, sagte die Schwester, als ich an einem meiner Besuchsnachmittage die Tür zu Zimmer 423 öffnete.
Ist er aufgewacht?
Sie nickte.
Und?, flüsterte ich.
Sie hob die Schultern und schüttelte leicht den Kopf.
Fabian, sagte ich und legte meine Hand auf seinen Arm, Fabian, ich bin es, Lena.
Er schlug die Augen auf und sah mich an. Zum ersten Mal seit so vielen Wochen. Aber sah er mich wirklich? Es schien,

als ob sich seine Augen nicht auf einen Punkt konzentrieren könnten. Ich beugte mich dicht über ihn. Fabian, sagte ich leise, erkennst du mich?
Sein Blick war ohne jeden Ausdruck. Er schien durch mich hindurch zu gehen. Dann trübten sich seine Augen, als ob man einen Schleier über sie gelegt hätten und begannen zu schielen, wie bei einem kleinen Kind, das müde wird. Die Pupillen rutschten in die äußerste Ecke des Augapfels, die Lider schlossen sich wieder.
Noch aus dem Krankenhaus rief ich seine Mutter an.
Fabian ist aufgewacht, sagte ich. Er hat kurz die Augen geöffnet.
Hat er dich erkannt?, rief sie und es lag so viel verzweifelte Hoffnung in ihrer Frage.
Ich weiß nicht, sagte ich, aber ich wusste es sehr gut. Ich hatte nicht das Herz, ihr die Wahrheit zu sagen.
Hat er gesprochen?, fragte sie mutlos. Nein, noch nicht.

Er sprach auch in den nächsten Tagen nicht. Er würde nach aller Wahrscheinlichkeit nie wieder sprechen. Dr. Bodnar machte uns kaum Hoffnungen. Natürlich würde er Fabian anschließend an den Krankenhausaufenthalt noch in eine Reha-Klinik überweisen. Dort würde man ihn so weit trainieren, wie es möglich war. Er würde intensive Krankengymnastik bekommen und einen auf seinen Zustand optimal zugeschnittenen Rollstuhl. Vielleicht, im besten Fall, könnte es gelingen, ihn in die Bedienung eines Computers einzuweisen, der mit den Bewegungen des Kopfes zu steuern war. Im besten Fall. Die Ergebnisse der Computertomographie und die PET-Aufnahmen waren nicht ermutigend.

Haben Sie schon einmal überlegt, ob und wie Sie die häusliche Pflege organisieren können?, fragte der Arzt. Oder hatten Sie eher an eine Heimunterbringung gedacht?
Wir haben noch nicht darüber gesprochen, antwortete Frau Mensing.

Sie hatte Recht. Das Thema lag in der Luft, es stand seit langem fast greifbar zwischen uns. Aber wir hatten es bisher immer sorgfältig vermieden, waren darum herum geschlichen wie die Katzen um den heißen Brei. Jetzt konnten wir ihm nicht mehr ausweichen.
Als Frau Mensing mich einlud, am Samstagabend mit ihr und ihrem Mann im ‚Goldenen Ochsen' zu Abend zu essen, wusste ich, was auf mich zukam. Trotzdem war ich nicht gewappnet. Herr Mensing war offenbar Stammgast in diesem Restaurant. Der Kellner begrüßte ihn mit Namen und führte uns zu einem Tisch am Fenster, der durch ein mit künstlichen Grünpflanzen beranktes Spalier ein wenig vom übrigen Gastraum abgetrennt war.
Wir unterhielten uns höflich und etwas mühsam. Über das Essen, die Schule, Fabians letzte Reise nach Amerika, über Kais Fortschritte im Studium, über den milden Sommerabend und den ausgezeichneten Service in diesem Restaurant. Erst beim Dessert kam Herr Mensing zur Sache. Auf sein Drängen hatte ich einen Eisbecher nach Art des Hauses bestellt. Es war eine Opalglasschüssel auf hohem Fuß, voll mit Vanille-, Walnuss- und Pistazieneis, mit flambierten Früchten und einer dicken Sahnehaube, bestreut mit Raspelschokolade und Krokantstückchen. Schon beim bloßen Anblick war ich satt.

Lena, sagte Herr Mensing, denn bereits nach der Vorspeise hatte er mich gefragt, ob ich etwas dagegen hätte, wenn er mich – genau wie seine Frau – mit du ansprechen würde. Ich hatte nichts dagegen. Meine Stellung in dieser Familie war seltsam unscharf. Ich wohnte seit einem Jahr mit dem Sohn zusammen und lebte auch jetzt noch in seiner Wohnung. Die Mutter hatte mich zu meiner Verblüffung vor Dr. Bodnar als seine Verlobte bezeichnet. Ich hatte nicht widersprochen. Es schien mir in der Situation, in der wir uns befanden, völlig unwichtig zu sein. Jetzt sah ich das anders. Mit meiner schweigenden Zustimmung schien sich der Grad meiner Zugehörigkeit und meiner Verpflichtungen verändert zu haben. Jedenfalls in den Augen der Familie.
Lena, sagte Herr Mensing, wir müssen darüber reden, wie es weitergeht, wenn Fabian aus der Reha-Klinik zurück kommt. Es muss an vieles gedacht werden, Entscheidungen müssen getroffen werden, und wir möchten auf keinen Fall ohne deine Einwilligung und Beteiligung handeln. Schließlich bist du ja eben so sehr betroffen wie wir, wenn nicht noch mehr.
Ich konnte nicht antworten, weil ich einen zu großen Klumpen Pistazieneis hinuntergeschluckt hatte und nun fühlte, wie der kalte Brocken langsam und schmerzhaft durch meine Speiseröhre bis in den Magen wanderte. Also beschränkte ich mich auf ein zögerndes Nicken. Das schien Fabians Vater völlig zu genügen.
Ich gehe davon aus, dass wir uns alle darüber einig sind, Fabian unter keinen Umständen in irgendeinem dieser schrecklichen Pflegeheime verrotten zu lassen.
Auch hierzu konnte ich nur zustimmend nicken. Kein Mensch guten Willens konnte etwas anderes tun.

Also gut, sagte Herr Mensing. Dann kommen wir zu den Einzelheiten. Ich habe einen Architekten damit beauftragt, Fabians Wohnung behindertengerecht auszubauen. Rampen, breite Türen, Badewannenlift, ebenerdige Dusche, Absenkung der Arbeitsflächen, alles, was nötig und möglich ist, um ihm und allen, die sich um ihn kümmern, das Leben zu erleichtern.

Ich schob den halbvollen Eisbecher zur Seite. Plötzlich war mir übel.

Cognac und Kaffee für die Damen?

Gerne, sagte ich. Für mich nur Kaffee, sagte Fabians Mutter.

Wir warteten schweigend, bis der Kellner das Dessert abgeräumt und die Bestellung aufgenommen hatte.

Nun zu dir, Lena, sagte Herr Mensing. Zu Anfang erwartete ich, dass Fabians Unglück auch das Ende eurer Beziehung sein würde. Ich habe mich offensichtlich geirrt. Es gibt nicht viele Mädchen, die so etwas durchstehen. Wir alle bewundern dich und sind dir sehr dankbar, das sollst du wissen. Aber so froh wir auch darüber sind, dass du Fabian in dieser schrecklichen Situation nicht verlassen hast, so selbstverständlich ist es, dass wir an deine eigene Zukunft denken müssen. Natürlich wirst du nach den Ferien das Abitur machen. Meine Frau hat mir erzählt, dass du dich für einen Beruf im medizinischen Bereich interessierst. Vielleicht sogar für ein Studium. Wir sind bereit, dir jede gewünschte Ausbildung und alles, was du zu deinem Lebensunterhalt brauchst, mehr als großzügig zu finanzieren. Das ist selbstverständlich und nicht weiter der Rede wert. Wenn du einverstanden bist, werden wir Fabians Wohnung so erweitern, dass für dich ein abgeschlossener eigener Arbeits-, Wohn-

und Schlafbereich entsteht, selbstverständlich mit Bad, separatem Eingang und kleiner Terrasse zum Garten hin. Sobald die vorläufigen Pläne vorliegen, kannst du sie nach deinen Wünschen und Vorstellungen verändern. Du hast völlig freie Hand. Sag nur, wie du es haben willst, und ich werde dafür sorgen, dass du es bekommst. Neben einem Krankengymnasten, der für das ständige Training von Fabians Muskulatur sorgt, werden wir auch eine Pflegerin oder einen Pfleger engagieren. In welchem Stundenumfang das nötig ist, wird sich zeigen und auch davon abhängen, wie viel Zeit und Kraft ihr beide aufwenden könnt, meine Frau und du. Mir ist klar, dass ich bei der ganzen Sache gut wegkomme. Ich gebe das Geld. Das ist alles. Wie immer bleibt das Wesentliche an den Frauen hängen.
Der Kellner kam mit Kaffee und Cognac.
Ich stürzte mein Glas mit einem einzigen Schluck hinunter. Es brannte in meiner Kehle.
Ich weiß nicht, begann ich, aber Fabians Mutter fiel mir ins Wort. Du musst heute nichts entscheiden, Lena, sagte sie. Nimm dir Zeit zum Nachdenken. Sprich mit deinen Eltern oder mit deinen Freunden darüber.

Schon am nächsten Tag fuhr ich nach Hause.
Zum ersten Mal seit meinem Auszug sah ich meinen Vater wieder. Als er die Türe öffnete, dachte ich für einen Augenblick, er würde sie gleich wieder zuschlagen. Der Ausdruck seines Gesichts war abweisend. Oder erstaunt.
Du bist es?, sagte er mit blassen Lippen. Komm herein. Sicher willst du mit deiner Mutter sprechen.
Mit dir auch, sagte ich.

Wir saßen uns im Wohnzimmer gegenüber. Meine Eltern auf dem blankgewetzten Wildledersofa und ich in dem Besuchersessel vor dem flachen Couchtisch.
Möchtest du etwas trinken, fragte meine Mutter.
Einen Orangensaft, wenn es nicht zu viel Mühe macht, antwortete ich.
Während sie in der Küche den Saft aus dem Kühlschrank und die Gläser aus dem Schrank über der Anrichte holte, herrschte im Wohnzimmer eine verlegene Stille. Mein Vater und ich sahen durch die angelehnte Terrassentür ins Freie und betrachteten das schmale Stück kurz geschorenen Rasen und die Blumenbeete rechts und links des kiesbestreuten Gartenwegs.
Wie schön deine Hortensien dieses Jahr blühen, sagte ich und erntete dafür ein erfreutes Kopfnicken. Und erst der Phlox. Ich kann seinen Duft bis hierhin riechen.
Meine Mutter kam zurück. Sie goss uns ein, setzte sich, zog den Rock über die Knie, strich sich die Haare aus der Stirn und wartete. Ich wusste nicht, wie ich beginnen sollte. Es war gespenstisch still im Zimmer. Von draußen hörte man das langgezogene Maunzen einer Katze.
Mikesch, rief ich und lief auf die Terrasse hinaus, alter Schleicher, lebst du auch noch? Der schwarze Kater mit dem weißen Fleck unter der Kehle, der sich sofort an meine Beine schmiegte, gehörte unseren Nachbarn. Selbstverständlich betrachtete er von Anfang an auch unseren Garten und unsere Wohnung als sein Revier. Aber mein Vater, der keine Katzen leiden konnte, scheuchte ihn unerbittlich jedes Mal hinaus, wenn er es bei offen stehender Tür bis ins Wohnzimmer geschafft hatte. Mikesch musste seine Ziele

niedriger hängen. Er beherrschte jetzt unangefochten unseren Garten, nahm an schönen Tagen seinen Stammplatz auf den sonnenwarmen Steinen vor dem Wohnzimmerfenster ein und lag im Winter unter den auf der Terrasse aufgestapelten Gartenmöbeln.
Mikesch, sagte ich, guter, alter Mikesch, wie schön, dass du noch da bist.

Es klingelte es an der Haustür.
Ich mach schon auf, sagte ich und lief durch die Küche in die Diele.
Das wird die Rundfunkzeitung sein, rief meine Mutter. An der Garderobe hängt meine graue Jacke. In einer der Taschen steckt meine Geldbörse. Gib dem Jungen eine Mark Trinkgeld.
In der linken Jackentasche fand ich eine unangebrochene Packung Valium, in der rechten die Geldbörse. Ich gab dem Jungen das Geld und steckte die Tablettenpackung in die Tasche meiner Jeans. Ich dachte nicht darüber nach. Es war wie ein Reflex.

Ich legte die Zeitung auf den Tisch und setzte mich wieder in meinen Besuchersessel.
Mein Vater räusperte sich ausgiebig. Ich trank mit hastigen Schlucken mein Glas leer. Meine Mutter goss mir noch einmal nach.
Wie geht es Fabian?, fragte sie.
Er wird morgen in die Reha-Klinik verlegt. Seine Eltern werden in dieser Zeit die Wohnung umbauen lassen, damit er alles vom Rollstuhl aus erreichen kann. Für mich planen sie

ein eigenes Apartment. Sie rechnen offenbar für alle Zeit auf meine Hilfe bei Fabians Pflege. Aber ich habe Angst, dass ich es auf die Dauer nicht ertragen kann.
Jeder muss die Suppe auslöffeln, die er sich selbst eingebrockt hat, sagte mein Vater mit heiserer Stimme. Das wäre ja noch schöner. Die guten Tage genießen und abhauen, wenn es schwierig wird. Was sollen die Leute dazu sagen? Wir könnten uns nirgendwo mehr sehen lassen.
Genau so habe ich es mir vorgestellt, sagte ich wütend. Nichts als dumme Sprüche und Angst vor dem Gerede der Nachbarn. Ich weiß nicht, warum ich überhaupt gekommen bin. Schönen Dank. Du warst mir eine wirkliche Hilfe.

Ich riss meine Lederjacke vom Haken und knallte die Haustür hinter mir zu. Meine Mutter lief mir nach. Vor dem Gartentor holte sie mich ein. Lenakind, sagte sie, dein Vater meint das nicht so. Ich verstehe nicht, warum ihr beide nie in Ruhe miteinander reden könnt. Wofür du dich auch entscheidest, Lena, wir werden zu dir stehen. Du bist hier jederzeit willkommen. Vergiss das nicht.

Gegen Abend rief ich bei Lilian an. Sie wohnte in einem leicht ramponierten, aber billigen Studentenheim, nicht weit entfernt vom Ruderclub. Es gab dort nur ein Etagentelefon. Weil aber die meisten Bewohner inzwischen über ein eigenes Handy verfügten, dauerte es immer endlos, bis jemand sich erbarmte und an den Apparat ging. Ich kannte das schon.
Nach endlosem Klingeln, gerade als ich den Hörer auflegen wollte, hob jemand ab.

Jaaa? Es klang wie ein Gähnen.
Hier ist Lena Baltes, sagte ich. Könnte ich bitte die Lilian sprechen?
Nee, sagte die maulfaule Männerstimme.
Und warum nicht, zum Teufel?
Ist verreist.
Wann kommt sie denn zurück?, fragte ich, aber die Trantüte am anderen Ende der Leitung hatte schon aufgelegt.

Am nächsten Tag begleiteten Frau Mensing und ich Fabian auf dem Krankentransport zur Reha-Klinik. Ich saß vorne neben dem Sanitäter, der den Wagen steuerte, Frau Mensing und der zweite Pfleger auf den Sitzen neben Fabians Trage, die hydraulisch aufgehängt und abgefedert war, um jede Erschütterung durch das Straßenpflaster abzufangen.
Sind sie verwandt mit dem jungen Mann?, fragte der Fahrer.
Ich schüttelte den Kopf.
Ein Glück für Sie, sagte er. Auf die Leute kommt da etwas zu, daran kann man glatt verzweifeln.

Die Bauzeichnungen waren fertig. Die ausgerollten Bögen lagen auf dem runden Esstisch.
Ich kann mit solchen Plänen nichts anfangen, sagte ich. Mir fehlt das räumliche Vorstellungsvermögen.
Ich werde sie dir erklären, sagte Fabians Mutter. Ich fange mit deinen Räumen an.
Quadratmeterzahlen, Lage und Größe der Fenster, Türen, die nach innen oder außen öffneten, Farbe und Ausstattung des Bads, Anzahl und Platzierung der Steckdosen, Parkett oder Teppichboden, Holzverkleidungen, Jalousien oder

Rolläden. Die Menge der Informationen prallte an mir ab. Ich nahm kaum etwas wahr.
Und das hier ist die Verbindungstür zu Fabians Wohnung. Sie führt in seine Diele. Es ist geplant, dass sie nur von deiner Seite geöffnet werden kann.
Sie sah mich unschlüssig an.
Ich bin nicht weltfremd, Lena, sagte sie zögernd. Du bist jung und gesund. Niemand erwartet von dir, dass du wie eine Nonne lebst. Alles, worum ich dich bitten würde, wäre ein wenig Diskretion. Falls du dich entschließt, unser Angebot anzunehmen.
Bis wann muss ich mich entscheiden?
Ich dränge dich ungern. Heute ist Montag. Der Termin mit dem Architekten ist für Donnerstagnachmittag vereinbart.

Am Dienstag schluckte ich meinen Ärger über Reinie und Konsorten hinunter und ging am Nachmittag zum Training in den Club. Auf dem Weg zum Bootshaus begegnete mir in der Höhe der Brücke ein Vierer, der ein beachtliches Tempo vorlegte. Ich konnte nicht genau erkennen, wer darin saß. Er fuhr am gegenüberliegenden Ufer, außerhalb der Fahrrinne, auf der Innenseite der langgezogenen Kurve. Nicht weit entfernt von der Stelle, an der wir damals den „Kranich" auf Grund gesetzt hatten. Hoffentlich ging das gut.
Außer Harry traf ich niemanden im Club an. Er erzählte mir, dass Lilian und Thomas in einem altersschwachen Kombi mit einem Zweimannzelt im Kofferraum durch Skandinavien zockelten. Sie haben schon geschrieben, sagte er. Aus Schweden. Die Postkarte hängt drüben an der Pinnwand. Sie wollen noch bis zum Nordkap. Die haben vielleicht Nerven.

Muharrem ist wie in jedem Jahr mit seiner Familie zu Verwandten in die Türkei gereist. Und dass Martina seit dem Unfall nicht mehr zum Rudern kommt, weißt du ja sicher selbst. Tut mir leid, Lena, dass heute so gar nichts bei uns los ist. Soll ich dir helfen, eines der Skiffs herunterzubringen? Nicht nötig, Harry, sagte ich. Ich versuche es ein anderes Mal.

Schon den ganzen Tag hatte ich eine ungeheure Unruhe in mir gespürt. Sie schien sich von Stunde zu Stunde zu steigern. Ich begann zu laufen. Erst in einem langsamen Trab, dann immer schneller. Schließlich rannte ich, als wäre ein von der Leine gerissener Pitbull hinter mir her. Als ich völlig außer Atem die Haustür aufschloss, fiel mir ein, dass ich vergessen hatte etwas einzukaufen. Bis auf eine angefangene Dose Thunfisch, eine Tomate, eine kleine Ecke Camembert und eine volle Flasche Bourbon war der Kühlschrank leer, aber ich hatte keine Lust, noch einmal wegzugehen. Die Tomate erwies sich als matschig und ungenießbar. Den Fisch aß ich mit den Fingern aus der Dose und stopfte mir als Nachtisch das Stück Käse in den Mund.
Auf dem Küchentisch lag die Papprolle mit den Bauplänen. Ich hatte sie bisher nicht angerührt. Jetzt nahm ich sie mit ins Wohnzimmer und versuchte sie auf dem Teppich auszubreiten. Es klappte nicht, sie rollte sich immer wieder zusammen. Ich holte zwei Whiskygläser aus dem Barschrank und beschwerte damit die Ränder. Auf dem Bauch liegend, den Kopf mit den Armen aufgestützt, betrachtete ich die Zeichnungen. Zwei Zimmer, ein Bad, eine Küche, eine Terrasse, ein Verbindungsgang. Ein komfortables Gefängnis.
Ich sprang auf und holte die Whiskyflasche aus dem Kühl-

schrank, öffnete sie, goss mir etwa drei Finger breit davon in eines der Whiskygläser und füllte es mit Mineralwasser auf. Als ich das Glas aufnahm, rollte sich der Bogen wieder zusammen. Ich trank ohne abzusetzen und füllte gleich wieder nach. Ich wollte mich betrinken, wollte meine flatternden Nerven zur Ruhe bringen, dösen und einschlafen. Statt dessen schien der Alkohol meine Überreiztheit eher noch zu verstärken.

Ich wanderte mit dem Glas in der Hand durch die Wohnung, räumte planlos Dinge von einer Ecke in die andere, blätterte in alten Zeitschriften, begann damit, meine Bettwäsche zu wechseln, ließ überall die Jalousien herunter und schaltete schließlich den Fernseher ein. Im Vorabendprogramm lief ein Reisebericht über Neapel und Umgebung. Zuerst nahm ich ihn nur undeutlich wahr. Ausgrabungen in Pompeji und Herkulaneum, der Vesuv, der Hafen, eine Überfahrt zu den Inseln Ischia und Capri. Ich goss mir noch einmal ein. Die Bilder begannen, sich in meinen Kopf zu drängen. Die Sonne über dem Meer, die weißen und pastellfarbenen Häuser auf den Hängen, Fischerboote, riesige Agaven, Olivenhaine, Zitronenbäume, die zur gleichen Zeit Blüten und Früchte trugen.

Noch während des Abspanns begann ich zu packen. Etwas Wäsche, eine Jeans, einen leichten Baumwollpulli und zwei T-Shirts. Mehr brauchte ich nicht. In Neapel schien die Sonne. Ich steckte meine Ausweise, meine Scheckkarte, alles Geld aus der grünen Lederschatulle und die angefangene Flasche Whisky ein. Ich schaltete den Fernsehapparat aus, zog die Tür hinter mir zu und nahm den Regionalzug nach Koblenz.

Der Intercity nach Florenz war nur schwach besetzt. Ich fand ein leeres Abteil. Nachdem der Schaffner mein Ticket kontrolliert hatte, schloss ich die Vorhänge zum Gang, zog zwei gegenüberliegende Sitze so weit heraus, dass sie eine Liegefläche bildeten, stopfte mir meinen Rucksack unter den Kopf und versuchte zu schlafen. Es gelang mir nicht. Auf der Höhe von Mannheim holte ich den Whisky aus dem Rucksack und trank einen Schluck aus der Flasche. Bei der Einfahrt in den Bahnhof von Karlsruhe war ich noch immer wach. Es wurde kühl im Abteil. Ich nahm meine Lederjacke aus dem Gepäcknetz und legte sie mir über die Beine. Die Tablettenschachtel mit dem Beruhigungsmittel meiner Mutter fiel heraus. Ich drückte mir den Inhalt des Plastikstreifens in die Hand, nahm die Pillen in den Mund und spülte sie mit Bourbon hinunter.

Dann bin ich wohl endlich eingeschlafen. Ich erinnere mich an nichts mehr. Nicht an einen Schweizer Schaffner, nicht an den Transport ins Krankenhaus. Ich kam erst wieder zur Besinnung, als mich der Arzt in der Notaufnahme durchschüttelte und mir mit der flachen Hand ins Gesicht schlug.

Es ist unmerklich heller geworden. Die gezackten Blätter des Ahorns vor dem Klinikfenster filtern das erste schwache Tageslicht. Mit kühlem Grün füllt es den Raum und zeichnet die Spuren der letzten Stunden auf unseren Gesichtern nach. Übernächtigt sind wir beide. Mit fahler Haut, Schatten in den Augenhöhlen und Lippen ohne Farbe.

Warum sagt sie jetzt nichts? Ich habe mein Innerstes nach außen gekehrt. Was erwartet sie denn noch? Meine Geschichte ist zu Ende. Die Nacht ist zu Ende. Das war's, Frau Doktor Werding. Mehr ist nicht zu sagen. Bald wird der Klinikalltag beginnen. Wecken, waschen, Betten machen, Frühstück, Visite. Meine Mutter wird kommen und mich fragend ansehen.
Ich weiß, ich weiß, Sie können keine Lösung für mich finden. Die Antwort auf meine Fragen läge schon in mir bereit, haben Sie gesagt. Wo ist sie denn? Warum finde ich sie nicht? Mein Kopf fühlt sich an wie ein Ballon, aus dem die Luft entwichen ist. Ich bin nicht einen Schritt weitergekommen. Ich sitze immer noch wie ein Schiffbrüchiger in diesem blödsinnigen Basel mit nichts als ein paar Klamotten im Rucksack, etwas Geld und einer Fahrkarte. Einfache Fahrt nach Neapel.

Ob das Ticket noch gültig ist?
Ja, natürlich, sagt die Ärztin. Man kann die Fahrt unterbrechen und sie wieder aufnehmen. Mehrmals sogar.

Ich könnte also weiterreisen. So, wie ich es wollte. Warum nicht? Das Geld wird für einige Wochen reichen, wenn ich sparsam bin. Vielleicht kann ich ja auch einen Job finden. Als Kellnerin oder als Küchenhilfe. Eher unwahrscheinlich. Ich spreche kein Italienisch. Es müsste etwas sein, wozu ich die Sprache nicht brauche oder etwas, bei dem ich sie lernen kann. So wie bei den Au-pair-Jobs. Man wohnt bei einer Familie, hütet die Kinder, hilft ein bisschen im Haushalt, macht Sprachkurse und bekommt ein Taschengeld. Wie Fabians Mutter als junges Mädchen in England. Bei den Leuten mit dem Plumpudding-Rezept. Ob das möglich ist?

Glauben Sie, dass ich in Italien eine Au-pair-Stelle finden könnte?
Ich denke schon, sagt sie. Wenn nicht in Neapel, dann im Norden. In Mailand, Florenz oder Turin. Oder in der Schweiz. In unseren Tageszeitungen stehen viele solcher Angebote.

Ist das die Lösung, nach der ich gesucht habe? Ich müsste nicht wieder zurück. Ich würde Fabians Mutter einen Brief schreiben. Schwer genug. Aber leichter als ein Gespräch. Ich hätte ein Jahr Zeit gewonnen. Zeit für mich selbst, um Luft zu holen, Abstand zu gewinnen, nachzudenken.

Ich werde es versuchen, sage ich. Neapel, ein Jahr Au-pair und dann werde ich weitersehen.

Verdammt noch mal, warum sagt sie nichts? Findet sie diese Entscheidung richtig oder falsch? Sie sagt nicht hü und nicht hott. Sie macht es sich wirklich zu einfach.

Glauben Sie, dass ich das Richtige tue?, frage ich und meine Stimme klingt aggressiv. Ich weiß ja, dass Sie mir nicht zu einer Entscheidung helfen konnten. Aber jetzt, wo ich sie selbst getroffen habe, können Sie mir doch wenigstens sagen, was Sie davon halten. Oder ist das auch zu viel verlangt?
Die Ärztin dreht sich zu mir um. Sie sieht mich aufmerksam an, und ich bemerke die vielen kleinen geplatzten Adern im Weiß ihrer Augen, die geröteten Lider.
Neapel, ein Jahr Au-pair und dann werden Sie weiter sehen, sagt sie. Ist das die Wahrheit? Ist Ihre Entscheidung danach wirklich noch offen?

Es stimmt. Es geht gar nicht um dieses eine Jahr. Ich werde Fabian verlassen. Endgültig. Ich habe ihn schon verlassen, als ich die Fahrkarte löste. Das wusste ich doch die ganze Zeit über. Ich werde nie wieder zurückkehren. Ich werde ihn nicht pflegen, werde nicht seinen Rollstuhl schieben, werde nicht einziehen in die Wohnung mit dem Verbindungsgang. Ich werde ihn sich selbst überlassen, seiner Familie, professionellen Helfern und meine eigene Haut retten, mich nicht mitziehen lassen in sein Elend. Ich werde eine Ausbildung beginnen oder ein Studium an einer Fachhochschule. Möglichst weit weg von ihm und allen, die mich kennen. Denn ich habe nicht den Mut, in die Augen seiner Mutter zu sehen und das Urteil meiner Freunde zu ertragen.

Sie haben Recht, sage ich. Dieser Entschluss ist endgültig. Er war es längst, aber ich hatte Angst, es vor mir selbst zuzugeben. Ich verlasse Fabian. Ich fange neu an. Es ist die einzige Möglichkeit, nicht wahr?

Natürlich antwortet sie darauf nicht. Das hätte ich mir denken können. Keine Absolution, keine Lossprechung durch den Therapeuten.

Wie fühlen Sie sich mit Ihrer Entscheidung?, fragt sie.
Ich weiß nicht. Nicht wirklich befreit. Nicht ohne Schuldgefühle. Nicht so wie früher.
Aber Lena, sagt sie, wusstest du das nicht? Was immer du auch tust, niemals wirst du mehr ganz frei sein, niemals mehr ohne Schuld, und nichts wird jemals wieder so sein wie vorher.